MARGARETE **KARL**

DAS ZEITALTER DER GOLDENEN FLÜGEL

novum ⬥ pro

Dieses Buch ist auch als
e-book
erhältlich.

www.novumverlag.com

Bibliografische Information
der Deutschen Nationalbibliothek:

Die Deutsche Nationalbibliothek
verzeichnet diese Publikation in
der Deutschen Nationalbibliografie.
Detaillierte bibliografische Daten
sind im Internet über
http://www.d-nb.de abrufbar.

Gedruckt in der Europäischen Union
auf umweltfreundlichem, chlor- und
säurefrei gebleichtem Papier.

© 2023 novum Verlag

ISBN 978-3-99146-085-5
Lektorat: Amanda Godwins
Umschlagfotos: Rainbowchaser,
Rattanachai Singtrangarn,
SynesthesiaAiStock,
Olga Zinovskaya I Dreamstime.com
Umschlaggestaltung, Layout & Satz:
novum Verlag

www.novumverlag.com

Climate neutral
Print product
ClimatePartner.com/16547-2201-1002

Widmung

Für meine Oma, die mir einen Teil ihrer Seele geschenkt hat und für meinen Opa, der immer an mich geglaubt hat!

Inhaltsverzeichnis

Kapitel 1

Angel

Als Angel erwachte, war die Sonne gerade aufgegangen, sie ließ ihren Blick durch das Zimmer schweifen, irgendetwas war anders, sie spürte ein Frösteln auf der Haut.
Sie ließ ihren Blick weiter schweifen. Warum sah sie alles wie durch einen Schleier? Und waren das Gesichter, die sich dahinter verbargen? Sie fröstelte immer mehr, doch so sehr sie sich die Augen rieb, der Schleier wollte nicht verschwinden.
Angst überkam sie, am liebsten hätte sie geschrien, doch aus ihrer Kehle kam kein einziger Ton. Warum sah sie so viele Gesichter – noch dazu nicht gerade sehr freundliche – und was wollten sie von ihr?
Wie aus dem Nichts hörte sie ihren Namen: „Angel, Angel hör mir zu! Was ich dir jetzt sage, ist äußerst wichtig." Erschrocken sah sie sich um. Woher kam diese Stimme und warum war sie ihr so vertraut?
Und da saß er, wie früher, in dem alten Ohrensessel, den Angel so sehr liebte. Plötzlich war auch ihre Stimme wieder da, wie automatisch sprudelte es aus ihr heraus: „Opa, was machst du hier, was passiert hier?"
„Bleib ruhig, höre zu, was ich dir zu sagen habe. Ab jetzt wird sich vieles ändern, es werden Dinge passieren, die du nicht sofort verstehst. Vertraue deinem Instinkt und vor allem vertraue auf die Menschen, die dir nahestehen, du wirst alles ins Gleichgewicht bringen."
Angel schaute sich um. Träumte sie oder passierte das gerade wirklich?
„Was soll das bedeuten? Ich verstehe kein Wort!", kam es wie aus der Pistole geschossen von Angel zurück. Doch als sie zum Sessel sah, war er leer.

Sie sank ins Kissen zurück, Tränen liefen ihr über das Gesicht. *Was soll das, wo ist er hin?* Ihre Gedanken kreisten, ihr Körper war schwer wie Blei. Einige Zeit später versank sie in tiefem Schlaf. Sie träumte von ihrem Großvater, sah diese unfreundlichen Gesichter und war in diesem Schleier förmlich gefangen. Sie schreckte auf, als die Sonne in ihrer ganzen Pracht durch das Fenster strahlte.

Just in diesem Moment kam auch schon ihr kleiner Bruder Arthur hereingestürmt. „Alles Gute zum Geburtstag, jetzt bist du eine ganz Große!" So sehr Angel auch manchmal von ihrem kleinen Bruder genervt war, in diesem Moment musste sie lachen. „Danke, das ist lieb von dir."

So schnell wie Arthur gekommen war, war er auch schon wieder verschwunden.

Sie hörte ihre Mutter unten in der Küche mit Geschirr klappern. „Zeit aufzustehen!", rief ihre Mutter. „Du willst doch nicht deine große Party verschlafen!"

Angel streckte sich und sprang aus dem Bett, in diesem Moment hatte sie vergessen, was noch vor einigen Stunden passiert war. Doch das sollte nicht lange anhalten, denn die Zeit würde kommen, in der sich alles fügen würde.

Angel machte sich frisch und lief dann in die Küche hinunter. Was für ein schöner Anblick: Ihre Mutter hatte die Küche mit Luftballons und einem großen Banner mit der Aufschrift „Endlich 18" geschmückt.

„Happy Birthday, Angelina!" Angel hasste es, mit ihrem richtigen Namen angesprochen zu werden und das wusste ihre Mutter auch, nur wollte sie heute nicht darüber mit ihr streiten. Sie ging auf ihre Mutter zu und umarmte sie.

Die Umarmung war so fest, dass Angel das Gefühl hatte, keine Luft mehr zu bekommen, und sie hörte ein leises Schluchzen. „Was ist los, Mama, weinst du?" „Das sind Freudentränen, alles in Ordnung."

Irgendetwas sagte Angel, dass das gelogen war, aber sie wollte auch nicht länger nachbohren. Sie würde schon noch herausfinden, weshalb ihre Mutter traurig war. *Vielleicht hat sie sich auch einfach wieder mit Joey gestritten.*

Joey, Angels Stiefvater, war eigentlich ein recht lieber Mensch, aber sehr rechthaberisch in seiner Art und dadurch kam es schon des Öfteren zum Streit.

„Das legt sich wieder", dachte Angel und machte sich über die leckeren Bratkartoffeln mit Spiegelei her, die ihre Mutter ihr zubereitet hatte.

Danach ging es ans Geschenke auspacken, da war auch Arthur wieder dabei.

Angel packte viele tolle Sachen aus und Arthur freute sich noch mehr als sie.

„Was ist mit dem grünen Buch, auf dem die goldenen Flügel sind?", wollte Arthur wissen. In diesem Moment wurde Angels Mutter ganz blass und schrie förmlich: „Woher weißt du davon?" Angel verstand nicht, was da gerade geschah und konnte nur mit offenem Mund zuhören.

„Ramiel hat es mir gesagt", sagte Arthur mit kleinlauter und zittriger Stimme.

„Wer ist Ramiel und was habt ihr in meinen Sachen herumzuschnüffeln?" Angels Mutter wurde immer wütender. „Wir haben nicht in deinen Sachen herumgeschnüffelt und Ramiel ist mein neuer Freund. Er sagte nur, dass es wichtig ist, dass Angel dieses Buch zum Geburtstag bekommt."

Langsam senkte sich die Stimme ihrer Mutter: „Ich weiß zwar immer noch nicht, wer Ramiel ist und woher er von diesem Buch weiß, aber ich bin sicher, dass ein altes Kochbuch nicht gerade das ist, was Angel haben möchte."

Damit war das Thema für sie erledigt und sie klapperte weiter mit Geschirr. Arthur verschwand wieder und Angel saß immer noch mit offenem Mund da.

„Und, freust du dich auf deine Party heute Abend, haben denn alle zugesagt und wird Noah auch da sein?"

Angel wusste nicht so recht, was sie antworten sollte. Sie nickte nur, immer noch schockiert von dem, was gerade passiert war.

Gerade als Angel nochmals fragen wollte, was es mit dem Buch auf sich hatte, kam Joey in die Küche. „Da ist ja unser Geburtstagskind! Ich habe im Garten schon angefangen, alles aufzubauen, damit ihr heute Abend abrocken könnt."

„Danke, Joey, lieb von dir."

„Noah ist auch schon da und hängt die Lichterketten auf", erwiderte Joey und widmete sich seiner Zeitung, die auf dem Tisch lag.*Gott sei Dank, Noah ist da, vielleicht kann er mir erklären, was los ist,* dachte Angel und ging in den Garten.

Noah war Angels bester Freund, sie kannten sich schon seit dem Kindergarten und waren immer füreinander da. Er hatte ihr schon so oft geholfen und ihr in scheinbar ausweglosen Situationen beigestanden. „Noah ist ein Engel, ohne ihn wäre ich manches mal verloren gewesen." Wenn Angel gewusst hätte, wie sehr sie damit Recht hatte – doch die Zeit war noch nicht reif dafür.

Gedankenverloren schlenderte Angel durch den Garten, als über ihr eine Stimme ertönte: „Da bist du ja endlich, ich dachte schon ich bekomme den Geburtstagsengel heute gar nicht mehr zu Gesicht." Noah musste laut lachen, als Angel zusammenzuckte.

„Geburtstagsengel? Was für eine Wortwahl! Fall lieber nicht vom Baum, nicht dass du noch auf Krücken mit mir Tanzen musst!"

„Du weißt, dass ich nicht tanzen kann und Engel fallen nicht vom Baum", gab Noah schelmisch zurück.

Schon wieder das Wort „Engel", was ist denn heute los mit allen? So ein verrückter Tag, hoffentlich wird es heute Abend besser.

„Und, freust du dich auf deine Feier?", wollte Noah wissen. „Ich weiß nicht so recht, irgendwie ist heute alles komisch, ich habe das Gefühl, dass etwas nicht stimmt."

„Inwiefern stimmt etwas nicht? Du musst schon konkreter werden."

Angel legte den Kopf zur Seite und zuckte mit den Schultern. Das tat sie immer, wenn sie nicht die richtigen Worte fand.

„Nun erzähl schon, was ist los?" Noah blieb beharrlich, schließlich kannte er sie zu gut und wusste, was in ihr vorging.

„Arthur erzählte vorhin etwas von einem grünen Buch mit goldenen Flügeln und meine Mutter wurde sofort wütend und wollte wissen, woher er das weiß. Sie faselte etwas von einem Kochbuch, das mich sicherlich nicht interessieren würde. Arthur wusste das auch nur von seinem neuen Freund Ramiel, den aber keiner von uns kennt. Ich frage mich, woher er davon weiß und was an diesem Buch so besonders sein soll."

Noah hörte zu und sagte mit sanfter Stimme; „Ich denke, das ist nur ein Missverständnis, vielleicht hat Arthur das Buch doch mal gesehen und es seinem Freund erzählt. Kinder vergessen doch so vieles wieder, weil es einfach nicht interessant ist. Und ob das ein Kochbuch ist oder ein Liebesroman ist doch egal, wenn deine Mutter gewollt hätte, dass du es bekommst, hätte sie es dir gegeben. Du machst dir viel zu viele Gedanken. Freu dich jetzt auf deine Party und genieße den Augenblick. Es kommen bestimmt noch andere Zeiten, in denen es sich wirklich lohnt, sich Sorgen zu machen." Angel nickte nur stumm. *Wahrscheinlich hat Noah recht und es ist nichts weiter.* Obwohl sein letzter Satz auch wieder merkwürdig klang. Bestimmt machte sie sich so viele Gedanken, weil sie nicht wirklich ausgeschlafen hatte und doch aufgeregt wegen der Party war. „Du wirst wie immer recht haben und ich sollte aufhören, mir über alles Gedanken zu machen." Angel sagte das sehr kleinlaut, denn es fiel ihr immer noch schwer, zuzugeben, wenn ihr Gegenüber recht hatte. In den meisten Fällen war ihr Gegenüber Noah.

„Los jetzt, ihr beiden, in zwei Stunden geht die Party los und wir haben noch eine Menge zu tun!", rief Angels Mutter in den Garten. Angel verdrehte die Augen und lächelte Noah an, der noch immer mit der Lichterkette oben im Baum beschäftigt war. Genau rechtzeitig zum Beginn der Party war alles vorbereitet und Angel merkte, wie ihre Stimmung immer besser wurde. Sie hoffte so sehr, dass auch Louis kommen würde, für ihn schwärmte sie nämlich schon seit der Grundschule und Noah konnte diesen Namen mittlerweile auch schon nicht mehr hören. Louis war sehr groß, hatte schwarze Haare, wunderschöne braune Augen, er war durchtrainiert und verdrehte so ziemlich jedem Mädchen den Kopf. Bei ihm stand nur der Sport an erster Stelle, sodass es kein Mädchen wirklich leicht hatte, an ihn heranzukommen. Aber vielleicht bekam Angel ja heute Abend die Gelegenheit dazu. Sie musste lächeln bei dem Gedanken daran, wie ihre Freundinnen gucken würden, wenn sie mit Louis tanzen würde. Der Abend würde es zeigen, wenn er überhaupt kommen würde. Noah sah sie an und wusste sofort, worüber sie nachdachte. „Oh Louis, du Schöner, komm und tanz mit mir!" Diesen Satz konnte Noah sich einfach nicht verkneifen. Angel streckte ihm die Zunge heraus und drehte sich verlegen weg, Röte schoss ihr ins Gesicht. Sie konnte nur hoffen, dass der Abend ein voller Erfolg werden würde.

Die Zeit würde kommen, in der Angels Welt sich komplett wandeln würde, nur ahnte sie das zu diesem Zeitpunkt noch nicht.

Kapitel 2

Die Geburtstagsoffenbarung

Nach und nach trafen alle Gäste ein und es versprach ein toller Abend zu werden. Auch Louis kam, was Angel ganz besonders freute. Die Stimmung war ausgelassen, es wurde getanzt und gelacht. Der Abend schritt immer mehr voran und Angel hatte endlich die Chance, sich etwas länger mit Louis zu unterhalten. Allerdings drehte sich das Gespräch immer nur um seinen Sport und wie erfolgreich er darin doch war, sodass Angel sich schnell langweilte und nach Noah Ausschau hielt. Als sie ihren Blick schweifen ließ, sah sie ihn mit ihrer Freundin Sandy auf der Tanzfläche, die beiden tanzten ziemlich eng miteinander und Angel spürte Eifersucht in sich aufkommen. *Was soll das?*, sagte sie sich, *Noah ist dein bester Freund und Sandy hat schon so lange ein Auge auf ihn geworfen, also gönn ihm sein Glück.* So sehr sie sich das auch einredete, dieses Gefühl wollte einfach nicht weggehen. Urplötzlich schnappte sie sich wie selbstverständlich Louis' Arm und zog ihn auf die Tanzfläche. Dieser wusste nicht, wie ihm geschah und tanzte einfach mit. Doch auch wenn Angel sich diesen Moment immer gewünscht hatte, war sie nicht zufrieden, denn dieses komische Gefühl, wenn sie Noah ansah, wollte einfach nicht weichen. Noah grinste nur schelmisch und tanzte weiter immer enger umschlungen mit Sandy. Angel schmiegte sich an Louis, doch sie merkte schnell, dass dieses Gefühl der Zufriedenheit, endlich diesen Moment erleben zu dürfen, nicht eintreten wollte.

Sie wollte aber auch nicht unhöflich sein und tanzte weiter, auch wenn sie Louis am liebsten weggestoßen hätte.

Sie tanzten auf und ab über die Tanzfläche, drehten sich im Kreis und Angel musste zugeben, dass Louis kein schlechter Tänzer war. Als sie etwas langsamer im Rhythmus wurden, sah Angel auf einmal wieder diesen Schleier vor sich, nur war er diesmal viel näher, intensiver und angsteinflößender. Sie merkte, wie die Gesichter dahinter sie förmlich anstarrten und versuchten, auf sie zuzukommen. Panik machte sich in ihr breit und sie hätte am liebsten laut geschrien. Sie sah sich um, doch alle anderen schienen diesen Schleier nicht wahrzunehmen und lachten und tanzten wie zuvor, nur Noah sah sie an. Mitten im Tanz stoppte sie, kalter Schweiß lief ihr über das Gesicht und dann wurde sie auch schon ohnmächtig.

Als Angel langsam wieder zu sich kam, hörte sie wie Noah zu ihrer Mutter sagte: „Jocelyn, sie hat etwas gesehen, rede endlich mit ihr, du kannst das alles nicht ewig verheimlichen." Doch ihre Mutter blieb stumm. Als Angel die Augen aufschlug, waren Noah und ihre Mutter tief über sie gebeugt. „Was ist passiert? Da war dieser Schleier mit den Gesichtern, ich habe das heute Morgen schonmal gesehen, aber da war Opa und ich hatte keine Angst!"

„Du redest wirres Zeug", erwiderte Angels Mutter, „wir bringen dich jetzt erstmal an einen bequemeren Platz, der Boden ist viel zu hart." Erst jetzt merkte Angel, dass sie mitten auf der Tanzfläche lag und alle Gäste sie anstarrten. Louis, mit dem sie gerade eben noch getanzt hatte, drehte sich um und brummte: „Die spinnt doch." Dann ging er davon.

„Was soll das?", brüllte Angel laut und stand auf einmal wieder senkrecht. „ Du spinnst!" Doch Louis ging einfach kopfschüttelnd weiter und war bald nicht mehr zu sehen.

„Reg dich nicht auf, kleiner Geburtstagsengel, wir bringen dich jetzt erstmal ins Haus." Noahs Stimme war sehr leise, ja fast schon ängstlich.

Als Angel wieder in ihrem Zimmer war, hörte sie noch, wie ihre Mutter sich bei den Gästen entschuldigte und die Party für beendet erklärte.

Noah saß neben ihr und strich ihr eine Haarsträhne aus dem Gesicht. „Es wird alles wieder gut, versuche zu schlafen, ich helfe deiner Mutter beim Aufräumen und dann bin ich sofort wieder bei dir." Schon war er aus dem Zimmer und rannte die Treppe herunter. Angel versank in tiefem Schlaf. Als sie wieder wach wurde, hörte sie, wie Noah und ihre Mutter unten in der Küche diskutierten. Sie schlich sich an das Treppengeländer, um auch alles verstehen zu können.

„Du musst es ihr sagen, Jocelyn, besser erfährt sie es von dir, als dass sie es selbst herausfindet. Wir wussten, dass dieser Moment kommen wird." Noahs Stimme klang sehr ernst.

„Nein, ich kann nicht, ich will sie beschützen, das kann ich aber nicht, wenn sie die Wahrheit erfährt." Die Stimme ihrer Mutter klang sehr weinerlich.

Was ist da los, worüber diskutieren die beiden da? Angel schwirrte der Kopf. Was für eine Wahrheit verschwieg ihre Mutter ihr und was hatte Noah damit zu tun?

Wieder hörte sie Noah: „Jocelyn, du bist diejenige, die sie am besten auf alles vorbereiten kann. Uns steht ein Machtkampf bevor und Angel ist unsere stärkste Waffe. Die Umbren werden immer stärker, wir müssen das Gleichgewicht wieder herstellen."

„Ich weiß das, Noah, doch ich habe dieses Leben mit der Geburt von Angelina hinter mir gelassen. sie darf nicht so ein Leben führen, das hat sie nicht verdient."

Die Stimme ihrer Mutter wurde immer weinerlicher und zittriger.

Jetzt reicht's, dachte Angel und schoss die Treppe herunter.

„Ich möchte jetzt sofort wissen, was hier los ist, und versucht erst gar nicht mir irgendeinen Bären aufzubinden. Ich will die Wahrheit, und zwar die ganze. Den ganzen Tag wusste ich schon, dass etwas nicht stimmt, also raus damit!"

Angel war über ihre selbstbewusste Art und ihre energische Stimme selbst erschrocken, ließ sich aber nichts anmerken.

Es herrschte Totenstille, man hätte eine Stecknadel fallen hören können.

Nach endlosen Minuten ergriff Noah das Wort. „Angel, du hast deinen Namen nicht umsonst, du bist diejenige, die alles ins Gleichgewicht bringen wird." „Was werde ich ins Gleichgewicht bringen?", fragte Angel. „Lass mich ausreden, ich werde versuchen, dir alles zu erklären. Du weißt, dass es auf der Welt Gutes und Böses gibt. Engel existieren und leben unter euch Menschen, aber es gibt auch die Umbren, die Schatten, die viel Böses verbreiten. Leider haben die Umbren in den letzten Jahren immer mehr an Macht gewonnen und wir Engel brauchen mehr Kraft, um alles im Gleichgewicht zu halten. Es gibt Engel, so wie mich, die eine ganz bestimmte Aufgabe haben." „Du bist ein Engel, ja klar." Schnippischer hätte die Antwort von Angel nicht sein können. „Hör mir doch zu, Angel. Ich weiß, es ist schwer, das alles zu begreifen, doch glaube mir, es ergibt alles einen Sinn." Angels Blick glitt zu ihrer Mutter, die aber saß nur schweigend und in sich zusammengesunken da.

„Ich bin ein Engel und meine Aufgabe ist es, dich von Geburt an zu begleiten, dich auf diesen Kampf vorzubereiten und dich so gut es geht zu beschützen. Jocelyn, deine Mutter, war einst auch ein mächtiger Engel, doch nach deiner Geburt wählte sie ein sterbliches Leben, um dich zu beschützen. Sie wusste, dass in dir mächtiges Engelsblut fließt und wollte dich vor den Umbren verstecken. Allerdings wussten wir auch, dass deine Fähigkeiten immer mehr zum Vorschein kommen würden und spätestens an deinem 18. Geburtstag würde sich das offenbaren. Das, was du heute erlebt hast, war nur ein Vorgeschmack dessen, was noch passieren wird. Die Gesichter hinter dem Schleier, die du gesehen hast, hängen in einer Zwischenwelt fest, sie wurden nach ihrem Tod dort von den Umbren gefangen gehalten, um sie auf ihre Seite zu zerren, nicht in der Lage sich ins Licht zu begeben. Das müssen wir ins Gleichgewicht bringen, denn jede Seele hat das Recht darauf, ins Licht zu gehen. Ramiel ist ein Seelenführer, dein Bruder sieht ihn als seinen Freund, den allerdings nur wenige sehen können. Kinder haben diese Gabe noch, doch bei den meisten verschwindet sie im Laufe der Jahre. Auch du hast Ramiel in deiner Kindheit gesehen, wie einen imaginären Freund, doch auch du hast diese Gabe irgendwann abgelegt. Ramiel wird uns in diesem Kampf zur Seite stehen, so wie viele andere Engel auch. Die Umbren werden spüren, dass du ihre Zwischenwelt gesehen hast, und werden dich als Feind erachten. Wir müssen vorsichtig sein, denn sie zeigen sich in Momenten, in denen man nicht damit rechnet."

Noah legte eine Pause ein und sah Angel mit ernstem Blick an „Angel, du bist so eine mächtige Lichtgestalt, du gibst uns in diesem Kampf neue Hoffnung."

Angel legte den Kopf zur Seite und sah wieder ihre Mutter an. „Warum hast du nie was gesagt? Und verrätst du mir jetzt auch, was es mit dem grünen Buch mit den goldenen Flügeln auf sich hat?"

„Angelina, ich dachte immer nur ich muss dich beschützen, wollte nie, dass du in diesen Kampf mit hineingezogen wirst. Es war ein Fehler, zu denken, dass mir das gelingen würde, denn ich wusste, dass sich deine Fähigkeiten nicht ein Leben lang verbergen ließen. In dem Buch steht die ganze Geschichte über uns Engel und wie wir schon von Anbeginn der Zeit versuchen, gegen die Umbren anzukämpfen. Mächtige Zauber stehen in diesem Buch, deshalb darf es nie in die falschen Hände geraten."

Angels Kopf drehte sich, sie konnte kaum verarbeiten, was sie da hörte.

„Lass uns morgen weiterreden, Angel, versuche zu schlafen. Es war schließlich ein anstrengender Tag und ich verspreche dir, ich werde dir morgen wieder Rede und Antwort stehen." Noah stand auf und reichte Angel die Hand. „Komm, ich bring dich in dein Zimmer."

„Kannst du heute Nacht bei mir bleiben? Ich würde mich besser fühlen", murmelte Angel.

Kapitel 3

Unerwartete Gefühle

Oben angekommen, warf sich Angel aufs Bett. „Was für ein Tag, ich bin so müde, doch gleichzeitig auch hellwach!" Du bist wirklich ein Engel, Noah, so mit Flügeln und allem, was dazugehört?" Noah musste lachen „Ja, das bin ich tatsächlich, ein Engel mit weißen Flügeln." „Lass sie mich sehen", bettelte Angel. Noah stand auf und mit einem Mal streckten sich Angel zwei wunderschöne weiße, gewaltige Flügel entgegen. Was für ein Anblick! Angel konnte ihren Blick nicht abwenden, welch eine Schönheit. Gleichzeitig fragte sie sich doch auch, wie er diese unter seinem Shirt verstecken konnte. Als könnte Noah Gedanken lesen, sagte er lachend: „Nur Menschen wie du können sehen, was ich wirklich bin, für alle anderen bin ich nur ein ganz normaler Teenager."

Sie wollte die Flügel berühren, doch traute sich nicht. Noah zog sie an sich heran und legte beide Flügel sanft um ihren Körper. Was für ein schönes Gefühl, so überwältigend und kaum in Worte zu fassen. Sie fühlten sich so weich an und Angel streichelte zärtlich, ganz vorsichtig mit ihren Fingerspitzen, über jede einzelne Feder.

Sie genoss es, im Arm gehalten zu werden, ein leichtes Kribbeln im Bauch und Nacken machte sich in ihr breit. Wie schön er war und was für ein Glück er hatte, mit solch wundervollen Flügeln ausgestattet zu sein. *Ob er damit auch fliegen kann?*, dachte Angel. *Was für eine blöde Frage, natürlich können Engel fliegen.* Sie schämte sich für diese Frage, auch wenn nicht laut ausgesprochen.

Noah schob sie ein Stück von sich weg und sah ihr tief in die Augen. Angel konnte ihren Blick nicht abwenden, es war, als wenn sie in ein Meer voller Liebe und Güte schauen würde. Warum fiel ihr jetzt, nach so vielen Jahren der Freundschaft erst auf, was für wunderschöne Augen er doch hatte. Und wieder war da dieses Kribbeln, das sich in ihrem ganzen Körper breit machte. Angel schloss die Augen und suchte mit ihren Lippen nach Noahs Lippen. Es war wie eine Explosion, alles drehte sich, tausend Schmetterlinge machten sich in ihrem Bauch breit. Sie presste ihren ganzen Körper immer mehr an Noah und ihre Hände glitten über seinen gesamten Körper, so als müsste sie jede Stelle genau erforschen. Noah nahm sie sanft hoch und legte sie aufs Bett, vorsichtig legte er sich neben sie. Er streichelte ihr durchs Haar und küsste sie immer wieder auf die Stirn. Angel genoss diesen Moment so sehr und wusste, dass sie zum ersten Mal richtig verliebt war. Sie fragte sich auch, was sie an diesem Idioten Louis nur fand.

Immer mehr schweiften ihre Gedanken ab und sie fiel in einen tiefen Schlaf, immer noch eng an Noah gekuschelt.

Noah blieb die ganze Nacht bei ihr und beobachtete Angel beim Schlafen. *Meine süße Angel, wenn sie nur wüsste, dass ihre Flügel einmal so viel größer sein werden als meine. Sie wird alles verändern.* Bei dem Gedanken daran musste er lächeln, obwohl es ihm auch Angst machte. *Was ist, wenn sie verletzt wird oder ich sie nicht beschützen kann?* Auch er stellte sich Fragen über Fragen, doch versuchte sie zur Seite zu schieben. Jetzt war es erst einmal wichtig, dass sie ihre Fähigkeiten richtig kennenlernte und auch einzusetzen vermochte. Die Umbren würden nicht lange auf sich warten lassen, jetzt wo sie wussten, dass ein neuer, mächtiger Engel erwacht war.

Der nächste Morgen brach an und Angel musste blinzeln, so sehr schien ihr die Sonne ins Gesicht. Sie schaute neben sich und musste lächeln, Noah war immer noch da und hielt sie fest im Arm. „Guten Morgen", lächelte er zurück, „hast du gut geschlafen?" Angel schmiegte sich an ihn und wünschte, dieser Moment würde ewig dauern. „Wir können nicht ewig hier liegen bleiben, auch wenn das ein toller Gedanke ist. Ramiel wartet auf uns!", flüsterte Noah. Angel streckte sich und blieb einen Moment auf der Bettkante sitzen. Was war das doch für ein Abend gewesen und träumte sie das alles vielleicht nur? War sie wirklich ein mächtiges Lichtwesen und hatte sie auch Flügel? Sie versuchte sich zu drehen und zu wenden, um zu sehen, ob da nicht doch weiße Federn aus ihrem Rücken ragten. Noah umarmte sie von hinten und küsste sie zärtlich im Nacken. Wieder kribbelte es an ihrem ganzen Körper und am liebsten hätte sie sich umgedreht und ihn zärtlich zurückgeküsst. Doch ihr Kopf blieb nicht still und sie hatte tausend Fragen, die sie beantwortet haben wollte. Wie so oft wusste Noah, was in Angel vorging, und sprach mit sanfter Stimme: „Wenn wir Ramiel treffen, werden wir versuchen, dir jede Frage zu beantworten. Wir müssen uns jetzt beeilen, du musst lernen, wie man sich verteidigt, die Umbren werden nicht lange warten und sich dir offenbaren."

„Du machst mir Angst! Ich bin ein unscheinbares Mädchen und wollte diesen Kampf nie, was ist, wenn ihr euch täuscht und ich die Verkehrte bin?"

„Angel, ich verstehe deine Gedanken und auch, dass das alles sehr erschreckend für dich sein muss, aber ich verspreche dir, ich passe auf dich auf und da gibt es noch so viele andere Engel, die über dich wachen. Wir sind immer in deiner Nähe."

„Darf ich noch duschen und frühstücken, oder brauchen das Lichtwesen nicht?", grinste Angel. „Im Grunde genommen nein, aber das wirst du selbst schon noch herausfinden, jetzt beeile dich!" Was hatte das nun wieder zu bedeuten? Angel nahm ihre Sachen und war im Bad verschwunden. Als sie nach unten in die Küche kam, stand da auch schon Frühstück und Noah stand mit ihrer Mutter am Fenster und sie unterhielten sich leise. „Guten Morgen, Angelina, wie ich höre habt ihr heute Einiges vor, verspreche mir, vorsichtig zu sein." Jocelyns Stimme war sehr leise. Angel nickte und schlang ihr Frühstück hinunter. Schon kurz darauf schwangen Angel und Noah sich auf ihre Fahrräder und fuhren in Richtung Wald hinaus.

„Wir wären so viel schneller, wenn du uns fliegen würdest!", rief Angel Noah zu.

Dieser lachte nur laut und fuhr immer schneller die Straße entlang.

Am Waldesrand stellten sie die Fahrräder ab und gingen ihren Weg zu Fuß weiter, bis sie an eine kleine Lichtung kamen. Wie schön dieser Ort doch war, die Sonne funkelte durch die Bäume und es schien, als würde der kleine See, der darin war, glitzern. Angel wusste nicht, wohin sie zuerst schauen sollte, denn es waren so viele Tiere zu sehen und nicht eines davon zuckte zusammen oder schien Angst vor ihnen zu haben.

Plötzlich, wie aus dem Nichts, saß da ein kleiner Junge auf einem Felsen und grinste schelmisch.

„Hallo Angel, mein Name ist Ramiel. Als du klein warst, habe ich dich eine ganze Zeit lang begleitet, wir haben getanzt, gelacht und auch geweint." Wie ein Blitz durchfuhr es Angel und sie sah alles eben Erzählte vor sich. Wie hatte sie das nur vergessen können, diese Zeit war so großartig gewesen, voller Abenteuer.

„Wie ich sehe, erinnerst du dich", sprach Ramiel weiter. „Aber nun lass uns über Wichtigeres reden."

„Ich habe diesen Ort gewählt, weil er etwas Magisches an sich hat und die Umbren uns hierher nicht folgen können." Ramiel sah auf einmal sehr ernst aus und auch seine Stimme wurde energischer.

„Uns steht ein Kampf bevor und du bist unsere mächtigste Waffe." Mit einem Satz stand Ramiel ganz dicht vor Angel. „Ich möchte, dass du jetzt deine Augen schließt und deinen Gefühlen freien Lauf lässt, versuche dich zu entspannen."

Angel tat wie ihr geheißen. Sie spürte, wie Ramiel ihre Hände nahm, sie leicht hin und her wog und anfing, in einer Sprache zu singen, die sie noch nie zuvor gehört hatte. Seine Stimme klang so elfenhaft und wohltuend, dass sie gar nicht mitbekam, wie sie immer weiter davonglitt. Explosionsartig sah sie wie einen Film ihre Mutter vor sich, wie sie mit diesem grünen Buch unter dem Arm davonrannte, sie sah sich als Baby, dann waren da noch jede Menge Engel mit wunderschönen Flügeln. Doch halt, was war das, etwas Großes, Schwarzes, Unheimliches kam auf sie zu, Kälte machte sich breit und sie konnte sich nicht rühren. Als dieses schwarze Etwas die Hand nach ihr ausstreckte, riss sie die Augen auf und schrie aus voller Kehle.

Noah hatte sie bereits im Arm und versuchte, beruhigend auf sie einzureden.

„Was ist hier los, was habe ich da gerade gesehen?" Diese Worte schrie sie förmlich heraus.

„Ich wollte wissen, was dein Unterbewusstsein noch alles weiß", sprach Ramiel beruhigend. „Wie ich sehe, ist nicht deine ganze Erinnerung abhandengekommen, obwohl deine Mutter mit ihrem Schutzzauber ganze Arbeit geleistet hat. Es ist wichtig, dass du dich erinnerst, nur so kannst du verstehen, worum es in diesem Kampf geht."

„Meine Mutter kann zaubern?", platze es aus Angel heraus.

„Ich habe dir doch erzählt, dass sie einst ein mächtiger Engel war und dieses grüne Buch mit den goldenen Flügeln ihr die Macht verliehen hat, bestimmte Zauber, wie eben diesen Schutzzauber, auszusprechen. So konnte sie dich all die Jahre beschützen", antwortete Noah.

Wieder drehte sich in Angels Kopf alles. Anstatt Fragen beantwortet zu bekommen, bekam sie immer neue hinzu.

„Versuche, dich zu erinnern, du musst dir deiner Stärke bewusstwerden. Ich werde dir dabei helfen so gut ich kann." Ramiel saß wieder wie zuvor auf dem Felsen, den Kopf zur Seite geneigt.

Der Tag war mittlerweile vorangeschritten, aber Angel kam es vor, als hätte sie erst ein paar Minuten hier verbracht.

„Ihr solltet gehen, wir werden uns bald wieder sehen. Dein Beschützer Noah bleibt an deiner Seite." Kaum hatte er ausgesprochen, war Ramiel auch schon verschwunden.

In Gedanken versunken machten sich Noah und Angel auf den Rückweg. Es dämmerte bereits und die Sonne stand schon sehr tief.

Sie schwangen sich auf die Fahrräder und fuhren zurück nach Hause, Angel immer noch mit dem Kopf voller Fragen.

Kapitel 4

Dunkle Begegnung

Zu Hause angekommen, fand Angel keine Ruhe, immer wieder dachte sie über das Geschehene nach und war genauso ratlos wie zuvor. Noah sah sie eindringlich an, er musste sie ablenken, irgendwie beruhigen. „Was hältst du davon, wenn wir beide in den Stadtpark gehen? Dort findet heute ein Open Air Kino statt, das lenkt dich vielleicht ein wenig ab."

Angel zuckte mit den Schultern. „Ach komm schon, ich hole uns eine Decke und packe uns ein paar Leckereien ein."

„Vielleicht hast du recht, ich war schon ewig nicht mehr im Stadtpark, obwohl es da wirklich schön ist." Angel zupfte nervös an sich herum, immer noch nicht ganz überzeugt von Noahs Vorschlag.

Noah packte unterdessen alles zusammen und ließ Angel nicht wirklich Zeit, eine Entscheidung zu treffen. Er hakte sich bei ihr unter und sie verließen das Haus in Richtung Stadtpark. Dort herrschte reges Treiben, Kinder spielten und lachten, während es sich die Erwachsenen alle auf Decken oder Bänken bequem machten. Unter einer alten Eiche fanden auch Noah und Angel einen schönen Platz, um ihre Decke auszubreiten.

Plötzlich wurde es still und die große Leinwand erstrahlte in hellem Licht. Angel wusste noch nicht einmal, was sie sich da ansah und eigentlich interessierte es sie auch nicht wirklich. Doch Noah zuliebe sagte sie nichts und verfolgte den Film weiter. Sie kuschelte sich an ihn und merkte wieder, wie verliebt sie doch in ihn war.

Der Film war nicht wirklich interessant, sodass Angels Blick immer wieder über die Menschen schweifte und ihr auffiel, wie glücklich und ausgelassen sie alle waren. Doch plötzlich war da wieder dieser Schleier, Angst überkam sie, sie wollte etwas sagen, sich bemerkbar machen, doch sie war wie gelähmt. Wie aus dem Nichts kam ein riesiger Schatten auf sie zu. Ohne erkenntliche Form oder Gesicht kam er immer näher. Dieser Anblick war so grauenhaft, dass sie keinen klaren Gedanken fassen konnte. Gerade als sie dachte, sie würde das Bewusstsein verlieren, sah sie ein helles weißes Licht, Flügel breiteten sich vor ihr aus, doch bevor sie überhaupt wahrnahm, was geschah, war sie auch schon ohnmächtig.

Als sie wieder zu sich kam, lag sie auf ihrem Bett, Noah war über sie gebeugt und sah sie besorgt an.

„Was ist geschehen? Da war diese schwarze Gestalt und dann dieses helle Licht."

„Angel es tut mir so leid, ich hätte dich nie dieser Gefahr aussetzen dürfen, ich wusste, dass sich die Umbren dir irgendwann nähern würden.""

„Was, die Umbren? Oh Gott, ich wusste, ihr habt die falsche Person. Ich bin überhaupt nicht in der Lage, mich zu widersetzen!", stotterte Angel.

„Du bist einfach noch nicht so weit, deine Fähigkeiten müssen sich erst noch vollständig entwickeln. Gott sei Dank kam mir Ramiel zur Hilfe, denn dieser Umbra war sehr mächtig und vor allem sehr böse."

„Was ist mit den ganzen Menschen, die im Park waren, es muss doch eine Massenhysterie ausgebrochen sein." Angel klang sehr besorgt und wäre am liebsten aufgesprungen, um zu sehen, ob es allen auch wirklich gut ging.

„Keine Sorge, die Menschen um uns herum haben nichts mitbekommen, sie sehen nur das, was sie sehen wollen, in solchen Momenten sind die meisten von ihnen blind", entgegnete Noah.

Angel ließ sich zurück aufs Bett fallen, Tränen liefen ihr über das Gesicht. Sie fragte sich, wie sie das alles schaffen sollte und vor allem, wie sie eine Hilfe sein konnte, da sie doch bei jeder Begegnung in Ohnmacht gefallen war. Die Umbren machten sich bestimmt lustig über sie – von wegen, eine mächtige Lichtgestalt!

Noah zog sie sanft an sich und küsste ihr die Stirn.

„Es ist gut, Angel, du darfst Angst haben, ich werde dich auf deinem Weg begleiten und vertraue auf deine Fähigkeiten, auch wenn es im Moment sehr schwer ist."

„Wie sind wir eigentlich so schnell aus dem Park nach Hause gekommen?" Mit diesen Worten schoss Angel blitzschnell nach oben und sah Noah eindringlich an.

„Was soll ich sagen, ich habe Flügel", antwortete Noah sanft. Angel ließ sich enttäuscht fallen. „Na toll, da fliegen wir und ich bin ohnmächtig."

Noah musste lachen. „Ich glaube, wir werden bestimmt nochmal eine Möglichkeit haben zu fliegen und da bist du dann hellwach" *Hoffentlich,* dachte Angel und kuschelte sich immer mehr an Noah heran.

Immer wieder küsste er sie zärtlich und fuhr ihr mit seinen Fingern durchs Haar.

„Ich mag mir gar nicht vorstellen, was alles hätte passieren können." „Hör auf", sagte Angel mit fester Stimme und küsste ihn leidenschaftlich. „Du warst da und woher hättest du wissen sollen, dass sich mir ausgerechnet heute ein Umbra zeigen würde."

Er drückte Angel ganz fest an sich, diesmal waren es seine Gedanken, die kreisten und nicht stillstehen wollten.

Wenige Augenblicke später merkte er, dass Angel eingeschlafen war.

Er küsste sie zärtlich auf die Stirn und flüsterte: „ „Obwohl Engel nicht richtig schlafen, brauchen auch sie manchmal einen Moment der Ruhe, um in sich zu gehen und neue Kraft zu tanken. Ruh dich aus mein goldener Engel."

Immer noch schockiert darüber, dass ein Umbra es gewagt hatte, sich Angel so schnell zu nähern, sank auch er langsam in den Schlaf.

Kapitel 5

Goldene Flügel

Der nächste Morgen war merkwürdig, Angels ganzer Körper kribbelte, sie fühlte sich wie krank, sie hatte das Gefühl, zu glühen. *Das ist bestimmt die Aufregung der letzten Tage,* dachte sie sich. Als sie sich umdrehte, lag Noah nicht mehr neben ihr. Langsam stieg sie aus dem Bett die Treppe herunter, sie hörte leise Stimmen aus der Küche. Vorsichtig lugte sie um die Ecke und sah ihre Mutter wild gestikulierend vor Noah stehen. Erschrocken sah sie Angel an.

„Geht es dir gut? Oh mein Gott, was hätte nicht alles passieren können! Zum Glück war Noah bei dir." Jocelyn kam auf Angel zugestürmt und drückte sie so fest, dass sie kaum noch atmen konnte.

„Ich fühle mich heute nicht so gut, es ist, als hätte ich Fieber", sagte Angel leise.

„Du musst dich ausruhen, zu Kräften kommen, die letzten Tage waren wirklich anstrengend für dich." Der Tonfall den, Noah anschlug, gefiel Angel gar nicht. Irgendetwas sagte ihr, dass das nicht alles sein konnte.

„Ich muss an die frische Luft, ich habe das Gefühl, als würde ich ersticken." Kaum hatte sie diese Worte gesagt, verschwand Angel im Garten. Sie setzte sich auf die Schaukel, die ihr Großvater lange vor ihrer Geburt in den alten Apfelbaum gehangen hatte. Als sie so hin- und her schwang, kamen ihr viele schöne Erinnerungen in den Sinn – wie sie gelacht hatte, wenn ihr Großvater sie auf der Schaukel angeschubst hatte und sie immer höher und höher steigen wollte. Wieder liefen ihr Tränen über das Gesicht. Wie sehr er ihr doch fehlte und wie gerne sie sich mit ihm über all das, was gerade geschah, unterhalten hätte!

Nur Sekunden später spürte sie, wie jemand sie auf der Schaukel nach hinten zog. Erschrocken, doch ohne Angst, sah sie nach hinten. Konnte das wirklich sein? Stand da wirklich ihr Großvater und schubste sie an?

„Hallo, meine kleine Angel, ich bin immer für dich da und wann immer du das Verlangen hast, mit mir zu sprechen, können wir das tun." Wie schön es war, seine Stimme zu hören!

„Kannst du mir sagen, was hier los ist? Ich verstehe das alles immer noch nicht", fragte Angel.

„Wie ich dir bereits gesagt habe, bist du ein wichtiger Bestandteil in diesem Kampf zwischen Gut und Böse. Auch wenn jetzt noch einige Puzzleteile fehlen, so wird sich doch alles im richtigen Moment zusammensetzen. Hab Vertrauen in dich selbst, du bist so viel größer als du denkst. Wir sind alle bei dir und unterstützen dich, wann immer du uns brauchst."

Angel sprang von der Schaukel ab und lief ihrem Großvater in die Arme.

Wie sehr hatte sie das vermisst! Er gab ihr einen Kuss auf die Stirn, lächelte und dann war er auch schon wieder verschwunden.

Angel ließ sich schluchzend ins Gras fallen. Warum war alles so kompliziert, konnte sie nicht einfach ein normales Mädchen sein mit ganz normalen Sorgen?

Wie aus dem Nichts kam rasend schnell eine schwarze Gestalt hinter dem Apfelbaum hervor und steuerte auf sie zu. Doch anstatt Angst zu haben, stieg Wut in Angel auf. *Das hat mir gerade noch gefehlt,* dachte sie und sprang auf die Füße.

„Was wollt ihr von mir, lasst mich endlich in Ruhe!", schrie sie dieses Wesen an. Von Angels Worten unbeeindruckt, kam dieses jedoch weiter auf sie zu.

„Jetzt reicht's!", schrie sie und lief geradewegs auf den Umbra zu. Helles, gleißendes Licht machte sich um sie herum breit und sie spürte, wie sich etwas an ihrem Rücken bemerkbar machte. Der Umbra, völlig verwirrt von dem, was da gerade geschah, löste sich auf.

Angel sah sich um, waren das etwa Flügel auf ihrem Rücken, goldene Flügel?

Im nächsten Atemzug standen Jocelyn und Noah vor ihr. Sie konnten kein Wort sagen, sondern sie nur mit offenen Mündern anstarren.

Angel strahlte über das ganze Gesicht, so lebendig und stark hatte sie sich noch nie gefühlt. Immer wieder drehte und wendete sie sich, immer noch erstaunt darüber, dass da an ihrem Rücken zwei so wunderschöne Flügel waren.

„Was ist denn hier los, eine Versammlung, von der ich nichts weiß?" Joeys Gesicht war verwirrt. Doch ohne eine Antwort abzuwarten, verschwand er wieder im Haus.

„Seht ihr das auch? Ich habe Flügel und sie sind golden! Warum sagt denn keiner etwas? Joey ist auch einfach wieder weggegangen." Angelina gluckste mehr als sie sprach.

Noah kam auf sie zu und umarmte sie „Ich wusste es, du bist etwas ganz Besonderes, einen Engel mit goldenen Flügeln gab es schon seit Jahrhunderten nicht mehr. Und ich habe dir schonmal gesagt, dass viele Menschen nur das sehen, was sie sehen wollen."

„Angelina, du bist wunderschön, mein Gott, goldene Flügel!" Jocelyn war ganz entzückt.

Mit einem Mal wurde Noah, der Angel immer noch im Arm hielt, ernst.

„Die Umbren werden zurückkommen, das lassen sie sich nicht gefallen. Zumal sie jetzt wissen, dass es ein Einzelner von ihnen nicht mit dir aufnehmen kann"

„Sollen sie doch kommen, auch die schlage ich in die Flucht", antwortete Angel trotzig.

„Wir brauchen noch mehr Unterstützung, Ramiel und ich werden dich nicht allein beschützen können. Du musst erst deine vollen Fähigkeiten entfalten." Noah war immer noch sehr ernst.

Angel ärgerte dieser Tonfall. Konnte er sich nicht einfach freuen, dass auch sie Flügel hatte?

„Okay, du alter Pessimist, ich habe es verstanden, doch jetzt lass mich ausprobieren, ob ich fliegen kann."

Noch bevor Noah etwas einwenden konnte, rannte Angel los, breitete ihre Flügel aus und lag auch schon der Länge nach auf dem Rasen.

„Aua!", entfuhr es ihr. „Ich glaube, die sind kaputt. Muss ich vielleicht noch mehr Anlauf nehmen?"

Jetzt mussten Noah und Jocelyn lauthals lachen.

Angel zog eine Grimasse. Was war daran so lustig?

„Mein kleiner goldener Engel, auch das müssen Engel erst lernen, hab noch ein wenig Geduld."

Na toll, dachte Angel und musste jetzt auch grinsen.

Die Stimmung war heiter und Angel musste immer wieder schauen, ob ihre wunderschönen goldenen Flügel auch wirklich noch da waren.

Eine dunkle Zeit stand bevor und würde Angel noch einiges abverlangen, selbst Noah ahnte nicht, wie düster dieser Kampf werden würde.

Kapitel 6

Pachriel

Angel konnte ihren Blick gar nicht abwenden von ihren Flügeln. Wie wunderschön und goldglänzend sie doch waren! Sie stolzierte damit umher wie ein Pfau, der seine prachtvollen Federn zur Schau stellt. Joey betrachtete das ganze Geschehen kopfschüttelnd. „Ich glaube Angelina dreht jetzt völlig durch!" Arthur verstand die ganze Aufregung nicht. „Angel hat Flügel, siehst du das denn nicht?" Joey konnte nur weiterhin den Kopf schütteln und fragte nicht weiter.

Arthur war hin und weg von Angels Flügeln und musste sie immer wieder ansehen und berühren. „Bekomme ich auch Flügel, wenn ich groß bin?" Noah, der das ganze Schauspiel grinsend beobachtete, musste lachen. „Das weiß ich nicht, kleiner Ritter."

„Aber du hast doch auch Flügel, wieso dürft ihr fliegen und ich nicht?"

„Arthur, jeder Mensch ist etwas ganz Besonderes, egal ob mit oder ohne Flügel."

„Okay." Zähneknirschend verschwand Arthur nach draußen in den Garten.

„Wir müssen reden." Jocelyn, die kurz nach dem Vorfall im Garten für einige Zeit verschwunden war, klang sehr ernst. Angel zuckte zusammen, sie hatte gar nicht bemerkt, dass ihre Mutter auf einmal hinter ihr stand.

„Am besten setzen wir uns dazu an ein stilles Örtchen, wo uns niemand stören und hören kann." „Wir fahren zu dem kleinen Wäldchen, in dem Angel Ramiel kennengelernt hat", antwortete Noah. Kaum ausgesprochen, machten sich die drei auch schon auf den Weg.

Wie wunderschön dieser Ort doch war! *Warum kommen wir nicht öfter hierher?*, dachte Angel. *Diese Stille ist so unbeschreiblich und so wohltuend.*

Die drei setzten sich unter einen Baum und schon ergriff Jocelyn das Wort.

„Sosehr ich mich auch über deine goldenen Flügel freue, sosehr macht es mir auch Angst. Dieser Vorfall im Garten hätte nicht passieren dürfen, mein Schutzzauber hat versagt." „Jocelyn, das konnte keiner ahnen, die Umbren gewinnen an Kraft und das erschreckend schnell." Noah klang besorgt.

Angel konnte nur wie bei einem Tennisturnier von einem zum anderen schauen und verfolgte angestrengt das Gespräch.

„Ich habe den Zauber erneuert und hoffe, dass dieser hält, was er verspricht. Angelina muss wenigstens zu Hause Sicherheit haben. Wir brauchen auch noch mehr Hilfe, deshalb habe ich Pachriel gebeten, an unserem Gespräch teilzunehmen." Jocelyn war noch nicht ganz fertig mit ihrem Satz, als ein helles Licht auf die drei zukam. In der nächsten Sekunde stand eine kleine Frau mit hellblonden Haaren da und lächelte alle an.

„Hallo, Pachriel, schön, dass wir uns nach so langer Zeit wiedersehen", begrüßte Noah sie.

„Oh", rutschte es Angel heraus. Sie konnte ihre Verwunderung darüber, dass Pachriel eine Frau war, nicht verbergen.

„Du bist also Angel, unsere größte Waffe in diesem düsteren Kampf." Pachriels Stimme war sehr liebevoll und zärtlich.

„Ich werde dir helfen, deine Fähigkeiten kennenzulernen und zu entfalten, viel Zeit haben wir dafür aber nicht."

Nur kein Druck, dachte Angel und zupfte nervös an ihren Fingern.

„Als allererstes möchte ich, dass du dich hinstellst und deine Flügel ausbreitest."

Angel tat wie ihr geheißen. Sie sah Pachriel an, dass auch sie fasziniert von ihren Flügeln war.

„Schließe deine Augen, schlage deine Flügel ganz sachte hin und her und konzentriere dich auf das leise Rascheln deiner Federn, fühle jede einzelne davon, ihr seid eine Einheit."

Angel, noch unentschlossen, was sie davon halten sollte, schloss ihre Augen. Sie versuchte, sich zu fokussieren, das Hin- und Herschwingen beruhigte sie und sie spürte, wie Wärme ihren Körper durchströmte. Was für ein tolles Gefühl das war, sie war völlig eins mit sich und entspannt wie nie zuvor.

„Öffne deine Augen", sprach Pachriel leise.

Als Angel die Augen aufschlug, war sie weit über dem Boden und sah, wie die anderen unter ihr sie anstarrten.

Sie konnte es nicht glauben, passierte das gerade wirklich?

„Schwing die Flügel immer kräftiger hin und her und lass dich einfach tragen", rief Noah ihr zu.

Immer höher und höher stieg sie, bis die drei nur noch ein kleiner Punkt am Boden waren. Wie wunderschön von hier oben alles aussah! Sie strich zärtlich mit den Fingern über die Baumwipfel. Die Wolken über ihr waren zum Greifen nah. Vögel flogen an ihr vorbei, ohne sich von ihrer Anwesenheit stören zu lassen. Sie fühlte sich so frei. *Unglaublich, wenn man Flügel hat,* dachte sie sich.

Am liebsten wäre Angel immer weiter und weiter geflogen, doch irgendetwas sagte ihr, dass sie zu den anderen zurückkehren sollte.

Vorsichtig glitt sie nach unten, wo die anderen schon auf sie warteten.

„Habt ihr das gesehen, ich bin geflogen, der Himmel war zum Greifen nah." Angel strahlte über das ganze Gesicht.

„Ich wusste, du schaffst das!" Noahs Gesicht strahlte ebenfalls.

„Wir müssen weitermachen, du musst deine innere Mitte finden, um dich voll und ganz zu entfalten." Pachriel stellte sich vor Angel und legte ihre Hand auf Angels Bauch. „Schließe bitte wieder die Augen und atme in deinen Bauch hinein, so als würdest du meine Hand durch deine Atmung wegschubsen wollen."

Angel schloss die Augen und atmete zuerst ganz ruhig und dann immer schneller. Wie eine Explosion sah sie gleißendes Licht, es kam aus ihrem Inneren. Tausend Farben leuchteten vor ihrem inneren Auge auf, sie empfand auf einmal so viel Liebe und Zuneigung, es war nicht in Worte zu fassen.

„Was passiert da gerade mit mir?" Schlagartig riss sie die Augen auf.

„Das ist deine Stärke, jeder nimmt sie anders wahr, aber sie kommt immer aus deinem Inneren, man muss sie nur ein wenig wachrütteln", antwortete Pachriel sanft.

„Dieses Strahlen, das du gerade empfunden hast, das Licht in dir, musst du nach außen ausbreiten. Es muss wie ein Kraftfeld um dich herum strahlen. Versuch dich noch einmal zu konzentrieren und lass deine Energie fließen."

Angel schloss abermals die Augen, atmete ganz entspannt und wieder erschienen diese tausend Farben und tanzten fröhlich umher. Sie tauchte immer mehr in diese Farben ein und spürte, wie ihr ganzer Körper bebte, als würden die Farben ihre Haut durchbrechen wollen. Angel gab sich diesem Gefühl völlig hin und merkte, wie die Farben immer mehr aufleuchteten, aber nicht nur in ihrem Inneren. Es war, als würden sie ihren Körper einhüllen. Sie versuchte die Augen zu öffnen, doch alles war so hell, dass sie nur blinzeln konnte. Pachriels Stimme war zu hören: „Lass deinen Augen einen Moment Zeit, sich daran zu gewöhnen."

Immer wieder blinzelte Angel, bis sie immer deutlicher Umrisse in diesem hellen Licht sah. Wenige Augenblicke später sah sie alles klar, mit dem einzigen Unterschied, dass alles farbiger war.

„Du hast den Dreh raus. Je mehr du dich auf deine Stärke konzentrierst, umso mehr wirst du strahlen. „Dein Kraftfeld wird dich vor Angriffen der Umbren schützen und wenn du deine volle Stärke erreicht hast, kannst du auch Menschen in deiner Umgebung damit schützen." Pachriel sprach diese Worte zwar sanft, aber mit einem strengen Unterton.

Angel musste erst einmal tief durchatmen und sich setzen, es verlangte ihr einiges an Kraft ab.

„Mit der Zeit wird es besser und du immer stärker. Irgendwann machst du das ganz automatisch, ohne darüber nachzudenken." Noah hielt ihre Hand und drückte sie.

Jocelyn rannen Tränen über das Gesicht. Angel lief ihr in die Arme und drückte sie fest an sich. „Ich verspreche dir, Mama, es wird alles gut werden und ich werde auf mich aufpassen." Jocelyn gab ihr einen Kuss auf die Wange und schaute Angel tief in die Augen. „Ich wusste schon bei deiner Geburt, dass du etwas Besonderes bist, deshalb hatte ich auch immer solche Angst. Vergib mir, wenn ich manchmal so streng mit dir war. Du bist mein Herz, ich liebe dich."

Angel war gerührt von diesen Worten, wollte es sich aber nicht anmerken lassen.

„Ich werde euch jetzt verlassen, aber wann immer etwas passiert, werde ich an eurer Seite sein." Pachriel zwinkerte und war verschwunden.

Angel, immer noch völlig erschöpft, ließ sich wieder ins Gras fallen. Wie aufregend doch alles war! „Ich muss weiter an mir arbeiten, diese Umbren dürfen nicht noch mehr an Macht gewinnen!", sprach Angel energisch zu sich selbst.

Noah legte sich zu ihr und umarmte sie. In seinem Blick lag Stolz, aber auch die Sorge, dass ihr etwas passieren würde. Jocelyn verabschiedete sich und machte sich auf den Rückweg.

„Weißt du, was ich jetzt gerne machen würde?", lachte Angel.

„Sag's mir", antwortete Noah lächelnd.

„Ich möchte, dass wir beide fliegen, so dicht nebeneinander wie es nur geht."

Noah sprang auf und reichte Angel die Hand. Er breitete seine Flügel aus und war schon in der Luft.

„Wo bleibst du denn, mein goldener Engel?", rief er.

Angel breitete ebenfalls ihre Flügel aus und konzentrierte sich auf das Hin- und Herschwingen. Schon war auch sie in der Luft und flog neben Noah über das Wäldchen. Immer wieder ließ sie ihren Blick schweifen und konnte gar nicht genug bekommen von dieser schönen Aussicht. Noah drehte Pirouetten neben ihr und lachte. „Na, kannst du das auch?" „Das werden wir ja sehen!"

Auch Angel drehte und wendete sich in der Luft wie ein Vogel. Mitten im Flug hielt Noah inne und zog Angel am Arm. Blitzschnell drückte er ihr einen Kuss auf die Lippen. Angel musste lachen und wollte ihn nicht loslassen.

„Wir sollten uns langsam auf den Heimweg machen, du hattest für heute Anstrengung genug." Liebevoll strich Noah ihr bei diesen Worten durchs Haar.

Angel zog einen Schmollmund, sie wäre am liebsten noch weitergeflogen. Doch sie merkte, wie die Kraft sie langsam verließ und sie müde wurde.

„Wer als Letzter zu Hause ist, den beißen die Hunde!", rief sie Noah zu und verschwand hinter den Bäumen.

Zu Hause angekommen, überrollte sie die Müdigkeit und sie ließ sich erschöpft, aber glücklich ins Bett fallen.

Noah folgte ihrem Beispiel und kuschelte sich ganz nah an sie. Er liebkoste ihren Nacken und ließ seine Finger immer wieder mit ihren Haaren spielen. Angel, so müde sie auch war, genoss diese Berührungen und drehte sich sanft zu ihm um. Ihre Lippen berührten sich, tausende Schmetterlinge machten sich in ihrem Bauch bemerkbar. Sie drückte ihren Körper immer stärker an Noah, leidenschaftlich umschlangen und küssten sie sich, bis nur noch ihre Federn sie bedeckten. Noah benetzte Angels ganzen Körper mit seinen Küssen. Alles bebte und als sie sich liebten, war es wie eine Explosion. Engelsflügel verschlangen sich ineinander und der ganze Raum leuchtete in einem weiß-goldenen Licht. Sie liebten sich mehrere Stunden, von Erschöpfung keine Spur mehr. „Ich liebe dich, Noah", flüsterte Angel ihm leise zu. „Ich liebe dich auch, mein goldener Engel, das habe ich schon immer getan." Wieder drückte er Angel ganz fest an sich.

Angel konnte ihr Glück nicht in Worte fassen und streichelte immer wieder sanft durch Noahs Federn. Wie schön er war! Und warum war ihr nie aufgefallen, dass er schon so lange solche Gefühle für sie hegte?

Zärtlich küsste sie ihn immer wieder. Noah selbst, ganz benommen von seinen Glücksgefühlen, konnte nur lächeln.

Angel schloss die Augen, sie merkte, dass sie einen Moment der Ruhe brauchte. Auch Noah hatte die Augen geschlossen. Wie hatte er noch gleich zu ihr gesagt? „Engel schlafen nicht, brauchen aber auch einen Moment der Ruhe, um neue Kraft zu tanken."

Kapitel 7

Umbren

Der nächste Morgen brach heran, immer noch eng umschlungen lagen Angel und Noah da.

Noah küsste Angel sanft auf die Nase. „Ich glaube, wir sollten langsam aufstehen."

„Ich muss unbedingt mehr über die Umbren erfahren, wie sie agieren und was sie im Schilde führen. Und ich weiß auch schon, mit wem ich reden werde." Angel sprang auf und zog sich blitzschnell an.

Noah konnte gar nicht so schnell reagieren, da war Angel auch schon zur Tür hinaus und rannte die Treppe herunter.

Sie sprintete in den Garten zu dem Apfelbaum und setzte sich auf die Schaukel.

„Opa, wenn du mich hören kannst, ich brauche Antworten. Lass uns reden."

Sie spürte einen Luftzug hinter sich und da stand er auch schon und lächelte sie gutmütig an.

„Ich will alles über die Umbren wissen. Das Wichtigste ist: Wie kann ich sie aufhalten?"

„Es wird eine Weile dauern, dir das alles zu erklären, denn dazu muss ich ganz am Anfang beginnen." Liebevoll sah er sie an.

„Als die Welt noch nicht so war, wie wir sie heute kennen und Gott mit der Erschaffung der Menschheit noch am Anfang stand, wusste er schon, dass es Licht nicht ohne Schatten geben kann. Yin und Yang, Gut und Böse, es kann nur im Zusammenspiel funktionieren.

Also beschloss er, dass es auch dunkle Engel geben musste, allerdings sollten sie nur diejenigen Menschen beherrschen, die Böses im Sinn hatten und anderen nur Schaden zufügen wollten."

„Moment mal, verstehe ich das richtig, Gott erschuf mit Absicht böse Menschen?"

Angels Stimme klang erschrocken.

„Lass mich weitersprechen, Angel." Seine Stimme klang jetzt ernster.

„Gott gab den Menschen den freien Willen, also darf jeder selbst entscheiden, wie sein Weg aussieht. Genau deshalb gibt es die Umbren, es muss Gleichgewicht herrschen."Jahrzehnte vergingen, die Engel und Umbren lebten nebeneinanderher und jeder war sich seiner Aufgabe bewusst. Doch wusste Gott, dass der Zeitpunkt kommen würde, an dem die Umbren mehr wollten. Sie wollten die Welt in Dunkelheit hüllen. Genau aus diesem Grund erschuf er immer im Abstand einiger Jahrhunderte einen ganz besonderen Engel, jemanden, der den Umbren zeigen würde, wo ihr Platz war. In diesem Jahrhundert bist du dieser Engel und die Umbren fürchten deine Macht. Deshalb werden sie alles versuchen, um dich zu vernichten oder noch schlimmer, dich in die Dunkelheit zu ziehen.

Das darf niemals geschehen. Gott wusste auch, dass du diesen Kampf wie viele vor dir nicht allein bewältigen kannst. Deshalb stellte er dir einen Beschützer zur Seite.

Noah war seit deiner Geburt immer bei dir und half deiner Mutter, dich vor den Umbren zu verstecken, denn deine vollständige Macht würde sich erst mit deinem 18. Lebensjahr voll entfalten. Wir beschützten dich alle auf unsere ganz eigene Weise. Deine Mutter versteckte dich unter ihrem Schutzzauber, Noah agierte als dein Freund und ich hatte immer ein Auge darauf, dass sich deine Fähigkeiten nicht schon vorher bemerkbar machen würden. Auch Ramiel und Pachriel waren immer an deiner Seite. Die Umbren werden alles tun, um dich zu verführen. Sie wollen dich ins Dunkle ziehen und dich für ihre Zwecke missbrauchen, denn mit dir an ihrer Seite könnten sie die Welt in Dunkelheit stürzen."

„Warum greift Gott nicht ein? Er sieht doch, was geschieht, wieso tut er nichts?", fragte Angel.

„Aber das tut er doch, indem er Engel wie dich erschafft. Er vertraut auf dich und weiß, dass du es schaffen kannst. Angel, hab keine Angst, du bist so mächtig, wir werden diesen Kampf ge-

winnen. Zweifle nie an dir selbst, denn das ist es, was sie wollen. Sie wollen Angst in dir erzeugen und Angst lähmt dich."
„Großartig, wenn man so unter Druck steht! Ich zweifle aber und habe Angst. Was ist, wenn Gott zu viel Vertrauen in mich setzt und ich seine Erwartungen nicht erfülle?" Tränen rannen ihr über das Gesicht.

„Meine kleine Angel, natürlich verspürst du diese Gefühle, das alles ist neu für dich und du musst dir deiner wahren Stärke erst noch bewusstwerden. Aber wir vertrauen dir und sind nach wie vor an deiner Seite. Gemeinsam schaffen wir es, dass alles wieder ins Gleichgewicht kommt. Denke immer daran: *Amicus certus in re incerta cernitur."*

„Einen sicheren Freund erkennt man in unsicherer Lage." Angel stutzte – woher wusste sie, was diese Worte bedeuten?

Angels Großvater musste lächeln. „Du trägst die lateinische Sprache in dir, jeder Engel tut das."

„Okay, und trotzdem habe ich Angst, auch Angst davor, dass euch allen etwas passiert."

„Ich verstehe das, aber denke nicht so viel darüber nach. Du wirst instinktiv das Richtige tun, ich weiß das. Leider muss ich jetzt gehen, aber wir werden uns wiedersehen."

Er küsste sie auf die Stirn und war verschwunden.

Angels Kopf drehte sich. So schön es auch war, ein Engel zu sein, solch eine Bürde tragen zu müssen, war schwer.

Sie saß noch eine ganze Weile auf der Schaukel, Stunden vergingen, ohne dass sie es merkte. Völlig in Gedanken versunken erschrak sie, als plötzlich Noah vor ihr stand.

„Ich dachte, ich sehe mal nach dir und versuche dein betrübtes Gesicht zum Lächeln zu bringen." Seine Stimme war immer sanft und voller Liebe.

Sie rannte ihm in die Arme und wieder liefen Tränen über ihre Wangen. „Ich habe solche Angst, dass ich es nicht schaffen werde, dass euch was passieren könnte. Was, wenn ich uns alle nicht beschützen kann und die Welt in Dunkelheit fällt?"

„Beruhige dich, mein goldener Schatz, es wird alles gut werden. Hab Vertrauen!"

Engumschlungen standen sie noch eine Weile da, bis Arthur in den Garten kam, eine Grimasse schneidend an ihnen vorbeiflitzte und wieder verschwand.

Jetzt musste Angel lachen und auch Noah konnte sich ein Grinsen nicht verkneifen.

„Mein Opa hat mir alles über die Umbren erzählt, dass dieser Kampf eigentlich schon von Anbeginn der Zeit existiert, und es macht mir eine Höllenangst. Ich werde alles dafür tun, um euch zu beschützen und diese Welt nicht in die Dunkelheit ziehen zu lassen. Auch wenn ich mir immer noch nicht sicher bin, ob ich dafür auch wirklich die Richtige bin, so werde ich doch alles in meiner Macht Stehende tun."

„Da ist sie, meine kleine Kämpferin mit den wunderschönen goldenen Flügeln, genau das will ich hören. Du bist stark, wir schaffen das." Noah gab ihr einen Kuss und sah ihr tief in die Augen.

„Lass uns in das Wäldchen gehen und weiter an deinen Fähigkeiten arbeiten, die Zeit wird knapp und du musst vorbereitet sein."

„Auf geht's, zeigen wir den Umbren, dass sie sich mit der Falschen anlegen!"

Fest entschlossen nahm Angel Noahs Hand und breitete ihre Flügel aus.

Noah schmunzelte und tat es ihr gleich. Schon waren sie in der Luft und flogen in Richtung Waldrand. Es war wie bei den vorherigen Malen ein berauschendes Gefühl, alles von oben zu sehen, so friedlich sah alles aus. Es war kaum vorstellbar, dass solche Wesen wie die Umbren hier ihr Unwesen trieben.

Am Waldesrand angekommen, gingen sie die letzten Meter zu Fuß. Die Lichtung war zum Greifen nah, als zwei Schatten auf sie zukamen.

„Schnell, Angel, wir müssen die Lichtung erreichen! Dort können sie uns nichts tun." Noah klang fast panisch.

Angel aber riss sich ruckartig von seiner Hand los und schrie die Schatten an: „Kommt nur, wenn ihr euch traut, ich habe es satt, Angst zu haben, mich bekommt ihr nicht klein." Bei diesen

Worten erstrahlte sie in einem hellen Licht, in dem sich tausend Farben um sie herum ausbreiteten.

Noah, der nicht so schnell reagieren konnte, blieb erschrocken stehen und konnte diesem Schauspiel nur zusehen.

„Lass sie, Noah, wir greifen erst ein, wenn es nötig ist." Pachriel stand plötzlich neben Noah und hielt ihn am Arm zurück. Angel war wütend. Was dachten die sich, sie hier an diesem wunderschönen Ort anzugreifen? Die Umbren kamen immer näher auf sie zu, Kälte machte sich breit. Doch Angel blieb einfach stehen, schloss die Augen und atmete tief in sich hinein. Völlig unbewusst kam aus Angels Kehle ein Schrei, der alle erzittern ließ. Alles bebte und vibrierte, die Umbren, völlig erschrocken, hielten sich die Köpfe, es sah aus, als hätten sie Schmerzen. Wenige Sekunden später waren sie verschwunden.

Angel merkte, wie ihr schwindlig wurde und sank zu Boden, blitzschnell war Noah bei ihr und fing sie auf.

Es schienen Minuten zu vergehen, bis Angel wieder zu sich kam und Noah war besorgt. Pachriel beruhigte ihn: „Gib ihr Zeit, es hat sie große Kraft gekostet, diesen Schrei auszusenden und ihr Körper muss sich daran erst gewöhnen."

Noah blickte immer noch besorgt auf Angel, als diese die Augen aufschlug.

„Was ist passiert, sind die Umbren weg?" Sie sprach mit heiserer Stimme.

„Diesen Schrei, den du ausgesandt hast, so etwas habe ich noch nie gehört, aber er hatte eine Frequenz, die den Umbren Schmerzen bereitet. Ich wusste, dass du unvorstellbare Macht hast, aber damit habe selbst ich nicht gerechnet." Pachriel sprach wie immer sehr wohlwollend und sanft.

Angel setzte sich auf, sie spürte ein Kratzen im Hals. War dieser Schrei wirklich aus ihrem Mund gekommen? Wie hatte sie das gemacht?

Noah nahm sie in den Arm: „Ich bin so froh, dass es dir gut geht, was ist nur in dich gefahren, dich ihnen in den Weg zu stellen?"

„Ich weiß es nicht genau, aber ich hatte auf einmal so viel Wut in mir, ich wollte, dass sie mich in Ruhe lassen."

„So leichtsinnig dein Verhalten auch war, ich bin froh, dass du es getan hast, denn nur so konntest du deine Kraft freisetzen. Nutze deine Wut, sie wird dir helfen. Die Umbren werden mutiger, dich an so einem Ort anzugreifen. Diese Lichtung ist ein geschützter Ort und wären sie noch näher an ihr Kraftfeld gekommen, hätte es sie zerfetzt. Sie wissen, dass du eine große Gefahr für sie bist, also müssen sie Risiken eingehen. Das heißt, wir müssen noch vorsichtiger sein, nichts scheint wirklich mehr sicher." Pachriel klang ernst.

„Ich werde jetzt gehen und du solltest dich ausruhen, Angel. Begib dich zur Lichtung und nimm ein Bad in dem kleinen See, das Wasser wird dir neue Kraft geben."

Pachriel zwinkerte und war weg.

Angel sah Noah verwundert an, dieser lächelte nur und brachte sie zu der Lichtung.

„Geh ins Wasser und versuche dich zu entspannen, vielleicht findest du ein paar Antworten", sprach Noah und drehte dabei den Kopf zur Seite.

„Ja klar, ich gehe ins Wasser und alle meine Fragen werden beantwortet." Angel verdrehte die Augen. Letztendlich tat sie, wie ihr geheißen und ging langsam immer tiefer in den See hinein. Sie legte sich auf den Rücken, schloss die Augen und ließ sich treiben.

Wärme durchströmte sie, das Wasser war so wohltuend, erfrischend und überhaupt nicht kalt. Bilder schossen ihr durch den Kopf, fast wie ein Film. Sie sah sich selbst vor der Lichtung stehen, strahlend in tausend Farben, und hörte sich schreien. Bei diesem Schrei zuckte sie zusammen, sie spürte förmlich, wie er schallend aus ihr herausbrach. Sie sah die Umbren, die sich den Kopf vor Schmerz hielten und flohen. Wo kam dieser Schrei her und wie hatte sie das gemacht? Sie spürte, wie sich ein Kribbeln in ihrer Kehle breitmachte und wusste auf einmal, dass sie es kontrollieren konnte, wenn sie sich nur stark genug darauf konzentrierte. Einige Zeit verging und Angel fühlte sich stärker als jemals zuvor. Voller Zuversicht stieg sie aus dem Wasser, sie bemerkte nicht einmal, dass sie im Nu trocken war.

Noah kam ihr lächelnd entgegen: „Wie fühlst du dich?"

„Besser als jemals zuvor, das Wasser ist sehr wohltuend, ich habe alles nochmal Revue passieren lassen, es war wie im Film. Ich kann immer noch nicht glauben, dass ich das war."

„Ich habe dir doch gesagt, in dir steckt so viel mehr. Dieses Wasser unterliegt auch einem Zauber, es kann dich stärker machen, dich beruhigen und dir Dinge aufzeigen, die du in dir trägst."

„Wir sollten gehen, es ist spät geworden und ich möchte nicht, dass meine Mutter sich Sorgen macht. Wenn wir ihr erzählen, was passiert ist, wird sie sich nur wieder umso mehr sorgen."

Sie erhoben sich beide in die Lüfte und flogen nach Hause.

Kapitel 8

Ein unerwartetes Gespräch

Jocelyn stand wartend mit verschränkten Armen im Garten. Angel kam mit gesenktem Kopf auf sie zu, sie wusste genau, was in ihrer Mutter vorging.

„Ich weiß, was passiert ist, und ganz ehrlich, ich bin wütend, wütend darüber, dass du dich den Umbren so leichtsinnig in den Weg gestellt hast. Was sollte das? Du hast versprochen, vorsichtig zu sein!"

„Woher weißt du davon?" Angel war erstaunt.

„Pachriel war bei mir und hat mir davon berichtet und ich bin nicht ganz so beglückt darüber wie sie."

„Es tut mir leid, Mama, aber ich habe es satt, Angst zu haben. Du warst auch mal ein Engel und hast für das Gute gekämpft, warum darf ich es dann nicht? Soll ich mich ewig verstecken und diesem Kampf aus dem Weg gehen?"

Ohne dass Jocelyn auch nur antworten konnte, war Angel im Haus verschwunden.

Jocelyn wollte hinterher, doch Noah hielt sie zurück.

„Lass sie gehen und sich beruhigen, wärst du dabei gewesen, wüsstest du, was für unvorstellbare Macht sie besitzt. Und sie hat nicht Unrecht mit dem, was sie gesagt hat."

Noah sprach sehr sanft und Jocelyn wusste, dass er recht hatte.

„Sie ist meine Tochter und ich wollte nie, dass das passiert. Ich mache mir doch nur Sorgen und habe Angst, dass ihr etwas zustoßen könnte."

„Ich weiß das und Angel weiß das auch. Sie wird sich beruhigen. Wir müssen ihr jetzt alle zur Seite stehen und sie unterstützen, ich glaube sie hat momentan das Gefühl, dass die ganze Welt auf ihren Schultern lastet. Und ganz Unrecht hat sie damit nicht. Wenn wir diesen Kampf verlieren, stürzt die Welt in Dunkelheit."

Jocelyn nickte stumm und verschwand im Haus. Noah folgte ihr und ging in Angels Zimmer, um zu sehen, ob sie sich beruhigt hatte. Angel saß still auf ihrem Bett, den Kopf gesenkt.

„Noah, weißt du, was ich nicht verstehe?" Sie sah ihn mit ernstem Blick an.

„Wenn Gott doch weiß, was hier vor sich geht, warum greift er dann nicht ein? Er kann doch nicht einfach die Augen verschließen und alles seinen Lauf nehmen lassen?"

„Angel, ich weiß, dass du Angst hast und tausend Fragen, aber Gott wird seine Gründe haben, hab Vertrauen in ihn und vor allem in dich. Meinst du, er hätte dich auserwählt, wenn er nicht wüsste, dass du es schaffen kannst?"

„Vielleicht täuscht er sich, hat einen Fehler gemacht? Schau dir meine Mutter an, sie stirbt fast vor Angst und ich kann es ihr nicht verdenken."

So stark Angel sich auch gab, so zerbrechlich war sie doch im Inneren, voller Selbstzweifel und Angst.

„Würdest du mich einen Moment allein lassen, Noah?"

„Natürlich." Noah gab ihr einen Kuss und ging nach unten in die Küche, um zu schauen, ob auch Jocelyn sich beruhigt hatte.

Immer noch mit gesenktem Kopf saß Angel auf ihrem Bett, Tränen liefen ihr über das Gesicht. Wie sollte sie das schaffen? Ja, sie hatte Macht, aber würde diese ausreichen, um diesen Kampf zu gewinnen? *Was denkt sich Gott nur dabei?*

In ihrem Kopf überschlugen sich die Gedanken und am liebsten hätte sie sich unter der Bettdecke verkrochen.

Angel wusste nicht genau, wie lange sie so dasaß, Minuten oder Stunden, aber das war ihr auch egal.

Plötzlich hörte sie ein Flüstern neben sich und spürte eine so starke Wärme, dass sie dachte, sie würde gleich verbrennen. Erschrocken hob sie den Kopf und sah sich um. In ihrem alten Ohrensessel saß ein bärtiger Mann mit rundem Kopf, bekleidet mit einer alten Jeans und einem Hemd.

„Wer bist du und was machst du hier?" Fragend sah Angel ihn an.

„Du wolltest doch Antworten, Angel. Frag mich und ich werde dir alles sagen."

Noch ein Engel, dachte Angel und wusste nicht genau, was sie davon halten sollte.

„Ich gehe mal davon aus, dass du auch ein Engel bist, der mir erzählen will, dass er an meiner Seite kämpft und mir beisteht. Egal, sag mir, warum ich?"

Der kleine, bärtige Mann drehte leicht den Kopf und sah sie schmunzelnd an.

„Du wurdest ausgewählt, weil du so eine starke Persönlichkeit bist, zwar auch zerbrechlich und voller Selbstzweifel, aber dennoch stark. Dass dieser Kampf nicht einfach wird, das wissen wir alle, aber ich glaube ganz fest an dich." Er sprach mit so viel Liebe und Zärtlichkeit in der Stimme, dass Angel kaum antworten konnte.

„Die Dunkelheit nimmt zu und immer mehr Menschen verfallen ihr, lassen sich in ihren Bann ziehen. Seelen können nicht ins Licht gehen, weil sie im Schleier gefangen sind. Die Umbren ernähren sich von negativer Energie, das hält sie am Leben. Deine Aufgabe ist es, dass sie nicht an Macht gewinnen und dass alles im Gleichgewicht bleibt."

„Warum kann Gott nicht einfach die Umbren verbannen, wer braucht die schon?"

Angel sah ihn herausfordernd an.

„Das Gute kann nicht ohne das Böse, wo Licht ist, ist auch Schatten. Es geht nur um das Gleichgewicht. Du schaffst das, Angel. Glaube an dich und deine Macht, du hast mein vollstes Vertrauen. Zeige den Menschen das Positive, lass sie wieder an das Gute glauben. Befreie die Seelen aus dem Schleier, die dort nicht hingehören. Meine Liebe wird über dich wachen, so wie über alle anderen auch."

Ehe Angel auch nur etwas sagen konnte, war der kleine Mann verschwunden.

„Na toll, und ich kenne noch nicht mal seinen Namen", grummelte Angel vor sich hin.

„Ich bin der, der dich für diese Aufgabe ausgewählt hat", klang es ganz leise in ihrem Ohr.

Verwundert schaute sich Angel um, doch niemand war zu sehen. Was hatte das zu bedeuten?

Blitzartig es schoss ihr durch den Kopf –
hatte sie etwa mit Gott gesprochen? Nein, das konnte nicht sein,
Gott war doch eine mächtige Lichtgestalt und nicht ein kleiner,
bärtiger Mann in alten Jeans.

Angel versank wieder in Gedanken.

„Gott hat viele Gesichter." Da war sie wieder, diese flüsternde
Stimme in ihrem Ohr.

Wieder sah sie sich um, doch sie war allein.

Würden diese endlosen Fragen jemals ein Ende nehmen? Bekam sie irgendwann einmal die Antworten, die sie hören wollte, die alles erklären würden? Warum mussten alle in Rätseln mit ihr reden?

Es dämmerte bereits als Angel aus ihren Gedanken gerissen wurde, Noah stand in der Tür und sah sie liebevoll an.

Kapitel 9

Luzius

Die Tage vergingen, ohne dass etwas Aufregendes passierte. Alles war ruhig, zu ruhig.
Angel dachte immer wieder über das Gespräch mit diesem alten, bärtigen Mann nach und fragte sich immer wieder, ob das wirklich Gott gewesen sein konnte.
Sie war sehr ruhig, irgendwie in sich gekehrt und auch Noah kam nicht wirklich an sie heran.
„Angel, du sprichst seit Tagen nicht wirklich, ist alles in Ordnung?", fragte Noah vorsichtig.
„Können wir zu der Lichtung? Ich habe das Gefühl, ich muss hier raus."
„Aber natürlich, was immer du willst, ich sage nur schnell Jocelyn Bescheid, damit sie sich keine Sorgen macht."
Gesagt, getan. Wenige Minuten später waren sie an der Lichtung. Angel legte sich ins Gras, ihre Gedanken kreisten.
„Weißt du, Noah, es ist so unheimlich ruhig, keine Spur von den Umbren. Vielleicht ziehen sie sich zurück und wollen gar keinen Kampf mehr?"
„Das wäre wünschenswert, doch ich denke, insgeheim hecken sie einen Plan aus."
Angel wusste, dass er recht hatte und es machte ihr Angst, nicht zu wissen, was die Umbren als nächtes tun würden.
Noah kuschelte sich an sie und küsste sie immer wieder sanft.
Angel genoss diese Momente, wenn sie ihm so nah sein konnte.
„Es tut mir leid, Noah, dass ich in den letzten Tagen nicht sehr gesprächig war, ich wollte nicht, dass du dir Sorgen machst."
„Du musst dich nicht entschuldigen, wir wissen alle, welche Last du trägst und dass wir dir diese nicht abnehmen können. Nein, wir können nur für dich da sein."

Angel drehte sich ganz nah an Noahs Gesicht, er war so wundervoll. Wie sehr sie ihn doch liebte und brauchte! Noah lächelte sie an und küsste sie immer wieder. Erst waren die Küsse ganz zärtlich, dann wurde ihre Leidenschaft immer heftiger. Angel ließ sich einfach fallen, sie wollte diesen Moment mit jeder Faser ihres Körpers auskosten.

Sie lagen eine ganze Weile schweigend nebeneinander, Noahs Finger spielten mit Angels Haaren und für einen kleinen Augenblick schien die Welt gar nicht mehr so düster.

„Wir müssen gehen." Angel sprang auf wie von der Tarantel gestochen.

„Was ist los?", fragte Noah erschrocken. Angel war bereits in der Luft und rief ihm zu, dass er sich beeilen müsse, irgendetwas stimmte nicht.

Noah, jetzt auch in Panik, folgte ihr. In Windeseile waren sie zu Hause. Angel stürmte sofort in die Küche.

„Mama, Joey, Arthur, wo seid ihr?"

„Verrätst du mir, was los ist?" Noah konnte kaum mit ihr Schritt halten.

„Sie sind weg und das heißt nichts Gutes, ich weiß es, vertrau mir." Panisch suchte Angel jeden Winkel des Hauses ab, doch von allen dreien war keine Spur.

„Vielleicht sind sie unterwegs, oder hinten im Garten, lass uns nachsehen."

Noah ergriff Angels Arm und zog sie nach draußen.

„Mama, bist du hier? Sag etwas!"

Es kam keine Antwort.

Wie von Sinnen rannte Angel von einer Ecke in die andere.

Plötzlich, aus dem Nichts stand ein riesiger Schatten vor ihr. Angel schreckte zurück vor seiner Größe, er sah so ganz anders aus als die anderen zuvor. Kälte und Dunkelheit machten sich um sie breit. Sie konnte dieses Wesen nur anstarren, nicht in der Lage, sich zu bewegen.

„Was willst du?", brach es aus ihr heraus.

„Wenn du deine Familie wiedersehen willst, gib mir das Buch."

Diese Stimme war so düster und voller Hass, dass Angel erschauderte.

„Was für ein Buch? Ich weiß nicht, was du meinst!"

„Das weißt du genau, bring es mir oder deiner Familie wird Schreckliches passieren."

Einen Wimperschlag später war er verschwunden und alles wurde wieder hell.

Angel sank zu Boden, Tränen schossen ihr in die Augen.

„Oh mein Gott, was habe ich getan, ich habe alle in Gefahr gebracht!", schluchzte sie kaum verständlich.

Noah stand wie angewurzelt da. „Wir müssen Pachriel und Ramiel holen, ich kann nicht glauben, dass das gerade passiert, wir brauchen einen Plan."

Wenige Sekunden später waren die beiden auch schon da. Angel saß immer noch auf dem Boden, nicht fähig, wirklich etwas zu sagen. Noah erzählte den beiden alles in Ruhe und sah auch in ihren Gesichtern das blanke Entsetzen.

„Das kann nicht sein, das hat Luzius noch nie getan. Normalerweise schickt er immer seine Handlanger." Pachriels Stimme klang sehr erschüttert.

„Wer ist Luzius und was hat das alles zu bedeuten?" Angels Stimme war nicht mehr als ein Flüstern.

„Luzius ist der oberste der Umbren und normalweise lässt er andere die Arbeit für sich erledigen. Er muss sich bewusst sein, dass du eine große Gefahr für ihn darstellst, ansonsten würde er nicht zu solch drastischen Mitteln greifen." Pachriel sprach sehr nachdenklich, in ihrer Stimme schwang Sorge mit.

„Wir müssen uns etwas überlegen." Jetzt sprach Ramiel mit besorgter Stimme.

„Aber ich weiß nicht, wo das Buch ist, meine Mutter hat es mir nie gezeigt. Oh Gott, sie werden alle sterben." Angel brach in Tränen aus.

Noah legte ihr die Hand auf die Schulter.

„Dieses Buch darf Luzius niemals bekommen, sonst sind wir alle verloren."

„Und was soll ich jetzt tun? Wenn ich ihm dieses Buch nicht gebe, wird er meiner Familie Schreckliches antun!" Angel stand blitzschnell auf und sah alle entsetzt an.

Es herrschte Stille, keiner traute sich etwas zu sagen.

Wut stieg in Angel auf. Wie konnte dieser Luzius es wagen, ihre Familie anzugreifen?

„Das wird er mir büßen, und jetzt lasst mich allein, ich muss nachdenken!"

„Aber Angel, was ist, wenn Luzius zurückkommt und dir etwas antut, er ist der Mächtigste von allen!" Panisch sah Noah Angel an.

„Das wird er nicht, er braucht das Buch und solange er das nicht hat, wird er mir nichts tun."

„Wie kannst du dir da so sicher sein?" Ramiel legte den Kopf zur Seite.

„Ich weiß es einfach und jetzt geht." Angel verschwand im Haus und knallte die Tür hinter sich zu. Ramiel, Pachriel und Noah sahen sich ratlos an.

„Wir werden in der Nähe bleiben, sie wird unsere Hilfe brauchen." Pachriel war fest entschlossen.

„Ich hoffe nur, sie tut nichts Dummes." Noah ließ den Kopf sinken.

Angel war wutentbrannt. Wenn sie doch nur gewusst hätte, wo dieses Buch war! Sie wusste, dass es grün mit goldenen Flügeln darauf war, doch gesehen hatte sie es nie. „Konzentriere dich, schließ die Augen." Da war sie wieder, die flüsternde Stimme in ihrem Ohr.

Angel legte sich flach auf den Boden, schloss die Augen und versuchte sich vorzustellen, wo ihre Mutter das Buch wohl aufbewahrte. Minuten vergingen und nichts passierte, Angel wollte die Hoffnung schon aufgeben, als sie eine kleine Luke vor ihrem inneren Auge sah. Diese Luke kam ihr bekannt vor, irgendwo hatte sie diese schon einmal gesehen.

Blitzschnell war sie auf den Beinen und rannte die Treppe nach oben. Sie erreichte die Leiter, die zum Dachboden führte und kletterte hinauf. Oben angekommen sah sie sich in alle Richtungen um, so viel altes Zeug stand hier herum. Ihr altes Puppenhaus, das ihr Großvater für sie gebaut hatte. Als sie das Puppenhaus näher betrachtete, sah sie dahinter eine kleine Luke.

Ja natürlich, als Kinder hatten sie immer Verstecken gespielt und Angel hatte genau in diese Luke hineingepasst, sodass es für die anderen schwer gewesen war, sie zu finden.

Sie schob das Puppenhaus zur Seite und rüttelte an der Luke, doch nichts geschah. Sie ließ sich nicht öffnen. *Verdammt*, dachte sie sich, *es muss hier sein!*

„Aperire", ertönte wieder diese Stimme in ihrem Ohr.

„Aperire", wiederholte Angel und hörte ein leises Knacken, wie ein Schloss, das aufsprang.

Sie griff nach der Luke und öffnete sie. Darin stand eine alte Kiste mit wunderschönen Ornamenten drauf. Vorsichtig nahm Angel die Kiste heraus und sah hinein. Dort war es, das wunderschöne, grüne Buch mit den goldenen Flügeln. Sie hatte es sich größer vorgestellt. Behutsam ließ sie ihre Fingerspitzen über die Flügel gleiten. Als sie das Buch herausnahm, war sie erstaunt, wie schwer und dick es war.

Sie blätterte vorsichtig darin herum, so viele Zaubersprüche, vor allem mächtige Zauber. Kein Wunder, dass Luzius es haben wollte.

Sie packte das Buch zurück in die Kiste und verstaute diese wieder in der Luke.

Sie flitzte nach unten, jetzt musste sie nur überlegen, wie es weiter gehen sollte.

Als sie so nachdachte, flüsterte ihr immer wieder eine Stimme ins Ohr. Sie musste Luzius herbeirufen, sie musste bestimmen, wann und wo sie ihm das Buch übergab und wie sie ihre Familie in Sicherheit bringen konnte.

Sie ging nach draußen in den Garten und war erstaunt, dass Ramiel, Pachriel und Noah sich nicht vom Fleck gerührt hatten.

„Vertraut ihr mir?", fragte sie.

„Ja natürlich tun wir das, was hast du vor?" Noahs Stimme war angespannt.

„Egal was gleich passiert, ich möchte, dass ihr nicht dazwischenredet und euch ruhig verhaltet." Alle drei sahen sich fragend an und nickten.

„Luzius, ich muss mit dir reden!" Angel sprach die Worte mit fester Stimme.

Es herrschte Totenstille, man hätte eine Stecknadel fallen hören können.

Es vergingen Minuten, doch nichts geschah, von Luzius weit und breit keine Spur.

„Luzius, wenn du dieses Buch unbedingt haben willst, dann komm und sprich mit mir!" Wut schwang jetzt in Angels Stimme mit.

Plötzlich verdunkelte sich alles, Kälte umhüllte die vier. Und da stand er, Luzius, Angel konnte seinen Hochmut förmlich spüren.

„Mutig, mich zu rufen. Ich hoffe, du hast das Buch dabei!" Diese Stimme war so schrecklich, jedes Haar an Angels Körper sträubte sich.

„Nein, ich habe das Buch nicht, doch ich werde es dir geben." Erschrocken sah Noah Angel an – wie konnte sie nur? – doch er blieb still. Auch Pachriel und Ramiel war anzusehen, dass sie nicht wussten, was sie davon halten sollten.

Luzius bäumte sich weiter auf, Angel konnte seinen fiesen, düsteren Geruch schmecken.

„Dann gib es mir und du bekommst deine Familie zurück" Seine Worte klangen hämisch.

„Ich sage dir wie das laufen wird, wir treffen uns heute um Mitternacht an dem kleinen Wäldchen. Du gibst mir meine Familie unversehrt zurück und bekommst das Buch." Angel war fest entschlossen und zu keiner Verhandlung bereit. Das musste auch Luzius spüren. „So soll es sein, heute um Mitternacht. Dann wird sich mein Schicksal endlich erfüllen." Luzius spuckte die Worte förmlich aus, doch Angel ließ das unberührt. Der Himmel wurde wieder hell und ihre drei Beschützer stürmten auf sie zu. „Was denkst du dir? Dieses Buch darf er niemals bekommen, das hätte deine Mutter nie gewollt."

Angel wusste, dass die drei wütend waren, doch sie lächelte nur. „Habt Vertrauen, ich weiß genau, was ich tue." Schon war Angel wieder im Haus verschwunden.

Verwundert sahen die drei ihr hinterher. Was hatte sie vor? Angel wusste, dass sie sich beeilen musste, denn es waren nur noch wenige Stunden bis Mitternacht.

Als sie wieder in den Garten kam, war es halb zwölf, sie hatte das Buch unter den Arm geklemmt und kam mit festen Schritten auf die drei zu.

„Wir müssen los."

„Halt, Angel, sag uns, was du vorhast!" Noah hielt sie am Arm fest. „Ich möchte, dass ihr bei mir seid, bleibt hinter mir und keinem muss etwas geschehen." Ihr werdet merken, wenn ich eure Hilfe brauche."

Sie erhoben sich alle vier in die Lüfte und landeten wenige Augenblicke später am Waldrand.

Angel drehte sich noch einmal zu den dreien um und flüsterte: „Wir werden das hier und jetzt erledigen!"

Kapitel 10

Der Kampf

Dass Angel innerlich aufgeregt war und Angst hatte, sah man ihr nicht an, mit entschlossenem und zielstrebigem Blick ging sie in Richtung der Umbren, die sie gierig beobachten. Nervös sah sie sich um, keine Spur von ihrer Mutter oder den anderen beiden. Auch Luzius war nicht zu sehen.

Sie ging weiter, den Kopf hoch erhoben. Noah, Ramiel und Pachriel folgten ihr.

Wieder spürte sie diese eisige Kälte, ihre Nackenhaare sträubten sich und sie versuchte, ruhig zu atmen.

„Jetzt nur nicht in Panik verfallen", sagte Angel zu sich selbst.

Sie kam immer näher an die Umbren heran, sie scharten sich wie in einer Traube um etwas, das Angel nicht genau sehen konnte. Ihre Augen taten sich schwer, sich an diese Dunkelheit zu gewöhnen. Kein Mond schien und auch keine Sterne, es war, als würde irgendetwas den Himmel mit einem schwarzen Schleier überziehen.

Die Traube öffnete sich und Angel sah ihre Mutter.

„Geht es dir gut?", rief sie Jocelyn zu.

„Ja, Angel, das tut es. Gib ihnen nicht das Buch." Jocelyn klang wütend.

„Wo sind Joey und Arthur?" Angel konnte sie nicht sehen.

Die Traube öffnete sich noch ein Stück mehr und da sah sie die beiden, sie lagen friedlich auf dem Boden, es sah aus, als würden sie schlafen.

Angel wollte auf die beiden zurennen, doch wie aus dem Nichts stellte sich Luzius ihr in den Weg.

„Halt, nicht weiter!" Seine Stimme klang noch unheilvoller als zuvor.

„Was hast du ihnen angetan, du Bastard?" Angel schrie ihm diese Worte ins Gesicht, Wut schäumte in ihr auf und sie merkte, dass sich ihre Flügel öffneten und Licht sie umgab.

„Sie schlafen, keine Sorge. Wo ist das Buch?" Angel konnte seinen fiesen, modrigen Geruch wahrnehmen, so dicht stand Luzius jetzt vor ihr.

„Ich habe das Buch nicht und du gibst mir jetzt meine Familie, dann muss niemanden etwas passieren."

Luzius brach in schallendes Gelächter aus. „Willst du mir drohen? Ich habe keine Angst vor dir! Lächerlich, dass ein Kind Gottes größte Waffe sein soll. Du wirst mich nicht aufhalten."

Es kochte immer mehr in Angel und sie spürte, wie ihr ganzer Körper immer mehr im Licht erstrahlte. Mit ihrem Kraftfeld versuchte sie, an ihre Mutter heranzukommen, doch sie schaffte es nicht an Luzius vorbei.

„Das ist alles, kleiner Engel?" Luzius' Schadenfreude war groß.

Was ist hier los, warum funktioniert das nicht?, dachte Angel verwirrt.

Doch viel Zeit zum Nachdenken blieb ihr nicht, da erklang wieder Luzius' Stimme.

Dieses Mal war sie noch bedrohlicher und Angel zuckte leicht zurück.

„Ich lasse mich von dir nicht an der Nase herumführen, gib mir das Buch oder deine Mutter wird unsagbare Schmerzen erleiden müssen."

„Ich habe das Buch nicht, hörst du mir nicht zu?", antwortete Angel trotzig.

Luzius streckte die Hand in Richtung Jocelyn, sie schrie laut auf und sackte in sich zusammen. Erschrocken blickte sich Angel nach Noah um. Doch er sah durch sie hindurch, auch er hatte seine Flügel ausgebreitet und Wut stand in seinem Gesicht.

Angel sah zurück zu ihrer Mutter, sie wand sich vor Schmerzen.

„Hör auf damit, nimm mich!" Angels Stimme zitterte.

Höhnisch blickte Luzius sie an.

„Gib mir das Buch!"

„Tu es nicht, ich halte das aus", erklang Jocelyns Stimme, „er darf dieses Buch niemals bekommen!"

Luzius erhob abermals die Hand in Jocelyns Richtung und dieses Mal war ihr Schrei noch herzzerreißender. Nur einen Wimperschlag später lag sie auf dem Boden und verstummte.

„Was hast du getan?" Angel stürmte auf ihn zu.

„Ich habe das alte Waschweib zum Schweigen gebracht, dieses Gespräch führen nur wir beide." Mit nur einem Fingerwink schubste er Angel von sich.

Was war hier los, wo waren ihre Kräfte, wie sollte sie gegen Luzius ankämpfen?

Angel rappelte sich auf, eine neue Strategie musste her.

Luzius musste spüren, was sie dachte, denn sein Lachen wurde immer lauter.

„Lächerlich, beeindruckt mich überhaupt nicht!"

Angel trat einen Schritt zurück, ihre Augen schweiften von ihrer Mutter zu Arthur und Joey.

Sie konnte diesen Kampf nicht gewinnen, irgendetwas blockierte sie.

„Gib ihm das Buch." Da war sie wieder, die vertraute Stimme in ihrem Ohr.

Angel sah sich noch einmal zu Noah und den anderen beiden um.

Flüsternd, kaum hörbar sagte sie: „Es tut mir leid, ich habe keine Wahl."

Ramiel wollte einen Schritt auf sie zu machen, doch er konnte nicht. Angel hatte ein Kraftfeld hinter sich erzeugt, sodass es den dreien nicht möglich war, näherzukommen.

Erschrocken hörte sie Noah rufen: „Was tust du, wie sollen wir dir helfen?"

Angel nickte ihm nur zu und schenkte ihre ganze Aufmerksamkeit wieder Luzius, der immer noch höhnisch grinsend vor ihr stand.

„Ich werde dir das Buch geben, aber erst muss meine Familie in Sicherheit sein."

„Du stellst hier keine Forderungen, ich bestimme, wie es ablaufen wird. Du zeigst mir das Buch und ich schicke deine Familie nach Hause."

„Woher weiß ich, dass du Wort hältst?" Luzius nickte dem Umbra neben sich zu, dieser nahm Arthur auf den Arm und war verschwunden.

„Dein Bruder liegt zu Hause in seinem Bett, die anderen folgen ihm, sobald ich das Buch sehe."

„Arthur ist zu Hause, ihm ist nichts geschehen", sprach wieder diese Flüsterstimme in ihrem Ohr. Angel zog das Buch unter ihren Flügeln hervor, sie spürte, wie Pachriel gegen das Kraftfeld hämmerte und schrie, sie solle es nicht tun.

Luzius' Grinsen wurde immer breiter und im nächsten Moment machten sich zwei weitere Umbren daran, Angels Mutter und Joey auf den Arm zu nehmen und zu verschwinden.

„Auch sie sind zu Hause und unverletzt." Kaum hörte Angel diese geflüsterten Worte, wurde sie ruhiger.

„Jetzt gib mir das Buch, ich werde langsam ungeduldig!" Luzius kam Angel gefährlich nahe, doch diese stand nur da und streckte ihm das Buch entgegen.

Ramiel, Pachriel und Noah konnten nicht glauben, was sie sahen, sie ließen ihre Flügel hängen, jetzt war alles verloren.

Raffgierig griff Luzius nach dem Buch, doch Angel hielt es fest in der Hand.

„Versprich mir, dass meiner Familie nichts passieren wird!"

„Jaja, und jetzt her damit!" Wieder streckte er die Hand nach dem Buch aus und dieses Mal kam keine Gegenwehr von Angel.

Als Luzius das Buch in den Händen hielt, triumphierte er laut: „Seht her, meine Freunde, ihr müsst keine Angst haben, dieser lächerliche kleine Engel kann uns nichts anhaben."

Immer wieder streckte er das Buch in Richtung der anderen Umbren, auch die Umbren, die Angels Familie nach Hause gebracht hatten, waren mittlerweile wieder da.

Angel streckte ihre Flügel weit aus und alles um sie herum versank in tausend Farben, ihre Flügel leuchteten so hell, dass die meisten Umbren zurückschreckten.

„Soll mich das beeindrucken? Du hast deine größte Waffe gerade aus der Hand gegeben, du törichte Göre." Lachend schaute Luzius Angel an.

Doch diese grinste nur und rief: „*Capere malum!*"

Schlagartig öffnete sich das Buch, ein weißer Lichtschimmer kam hervor und bildete einen Strudel um die Umbren, Luzius konnte nicht schnell genug reagieren, da war auch er in diesem Strudel gefangen und sah erschrocken zu Angel.

„Das wirst du mir büßen!"

Das Buch klappte wieder zu und zerfiel in tausend Papierschnipsel.

Der Himmel wurde wie von Zauberhand klar, tausend Sterne und ein hübscher Vollmond waren zu sehen.

Da sich das Kraftfeld hinter Angel aufgelöst hatte, kamen auch die anderen auf sie zu.

Noah zog Angel in seine Arme und küsste sie liebevoll. Ramiel und Pachriel grinsten beide vor sich hin.

„Du hast es geschafft, Angel! Wir waren uns nicht sicher, was du vorhast, aber irgendetwas flüsterte uns zu, dass wir Vertrauen haben sollen. Und ja, das fiel uns echt schwer, nachdem du dieses Kraftfeld aufgebaut hast und uns somit nicht ermöglicht hast, dir zu helfen." In Noahs Stimme schwang ein kleines bisschen Trotz mit.

Angel blickte alle drei grinsend an.

„Es tut mir leid, dass ich euch nicht in meinen Plan eingeweiht habe und euch ausgesperrt habe. Ich musste das allein tun, das bin ich mir selbst einfach schuldig. Ich wollte nicht, dass euch auch noch etwas passiert."

Noah streichelte zärtlich ihr Gesicht.

„Ich war krank vor Angst, Gott sei Dank geht es dir gut. Ich hoffe nur, dass Jocelyn und der Rest deiner Familie wirklich wohlbehalten zu Hause sind."

„Das sind sie, ich weiß es." Sie zwinkerte allen dreien zu.

Ramiel und Pachriel, die bis jetzt kein Wort gesagt hatten, sahen Angel eindringlich an.

„Es ist alles gutgegangen, doch leider ist das Buch verloren, es hätte uns in manch einer brenzligen Situation ein Helfer sein können. Nun gut, Opfer müssen sein und lieber das Buch als einer von uns." Pachriel sah zu Boden.

Angel nahm ihr Gesicht in beide Hände und lächelte sie an.

„Sei nicht traurig, Pachriel. Alles wird gut, du wirst sehen. Ich möchte jetzt nach Hause und nach meiner Familie schauen."

Sie nickten sich alle zu und nur wenige Minuten später standen sie auch schon im Garten bei Angel zu Hause.

Jocelyn kam nach draußen gestürmt und hätte Angel beinahe von den Füßen gerissen.

„Ich hatte solche Angst um dich, ich dachte, ich sehe dich nie wieder."

„Mir geht es gut, Mama. Geht es dir denn gut und wo sind Arthur und Joey?"

„Die beiden schlafen in ihren Betten, sie haben von alledem nichts mitbekommen, ich konnte sie rechtzeitig in einen tiefen Schlaf versetzen als die Umbren kamen, um uns zu holen. Und mir geht es auch gut, es sah schlimmer aus als es war, mach dir keine Sorgen." Liebevoll küsste sie Angel auf die Stirn.

„Jocelyn" Noahs Stimme war angespannt. „Das Buch...es ist vernichtet, Angel hatte keine andere Wahl."

„Hauptsache es hat Luzius den Hintern versohlt und euch geht es gut."

Schallendes Gelächter brach unter allen aus.

Angel sah von einem zum anderen, sie lächelte breit.

„Wir sollten rein gehen, es wird Zeit, dass ich euch meinen ganzen Plan erzähle."

Verdutzt sahen sich alle an und folgten Angel ins Haus.

Kapitel 11

Der Plan

Im Haus angekommen, gingen alle in die Küche und nahmen am Esstisch Platz, Jocelyn setzte Teewasser auf.
„Bevor ich euch alles erzähle, sehe ich nach Arthur und Joey." Kaum hatte sie ausgesprochen, war Angel auch schon auf dem Weg nach oben. Sie schlich leise ins Schlafzimmer, Joey lag zusammengerollt wie ein Baby in seinem Bett und schlief tief und fest. Angel ging leise weiter in Arthurs Zimmer, auch er lag friedlich schlafend in seinem Bett. Angel gab ihm einen Kuss auf die Stirn und deckte ihn liebevoll zu. Sie war glücklich, dass niemanden etwas passiert war, denn das hätte sie sich nie verzeihen können.

Als sie die Treppe leise wieder herunterstieg, stand Ramiel vor ihr.
„Angel, ich möchte dir etwas zeigen, bitte schließe deine Augen." Angel tat wie wir ihr geheißen. Es dauerte nur Sekunden und sie sah den Schleier vor sich, doch diesmal war er anders, nicht mehr so bedrohlich und kalt. Sie sah tausend kleine Lichter gen Himmel steigen, es sah aus, als wären es Glühwürmchen. Sie musste lächeln – doch Halt! Sie sah auch noch Gesichter, die nach wie vor hasserfüllt aussahen. Als sie die Augen wieder öffnete, lächelte Ramiel sie an.

„Es ist wunderschön, das zu sehen, aber was ist mit den anderen Seelen, die immer noch dort sind?", wollte Angel wissen.

„Als Luzius im Begriff war, zu verschwinden, öffnete sich der Schleier und die Seelen, die dort nicht hingehörten, konnten endlich ins Licht gehen. Doch es gibt auch verlorene Seelen, die wir nicht retten können. Sie sind der Dunkelheit und dem Negativen verfallen. Es ist traurig, doch endlich herrscht dank deiner Hilfe wieder Gleichgewicht. Und jetzt komm, deine Mutter hat frischen Tee gekocht und wir möchten endlich wissen, was du uns zu sagen hast."

Angel und Ramiel gingen zu den anderen, es duftete herrlich nach Tee und jeder am Tisch lächelte.

„Da seid ihr ja", sagte Noah zu Angel. Sie setzte sich neben ihn und sah ihn verliebt an.

„So sehr mich es auch freut, dass das Gleichgewicht wiederhergestellt ist, ich bin doch auch traurig, dass wir das Buch verloren haben. Es wäre in mach einer Situation ein großer Helfer gewesen. So viele Zaubersprüche – einfach weg!" Sorge schwang in Pachriels Stimme mit.

„Ein Buch", platze es aus Angel heraus. „Es ist ein Buch, nicht das Buch!"

Verdutzt sahen alle in Angels Richtung.

„Angel hat recht, ich bin seit Ewigkeiten Hüterin dieses Buches und ich spüre nach wie vor seine Anwesenheit." Jocelyn konnte sich ein Grinsen nicht verkneifen, als alle sie fragend anschauten.

„Ich werde euch alles erzählen", sprach Angel weiter. „Ich wusste am Anfang wirklich nicht, wo sich das Buch befindet, doch hat mir eine Eingebung gezeigt, wo meine Mutter es versteckt hatte. Als ich es gefunden hatte und darin herumblätterte, war da eine Stimme in meinem Ohr, die mir Hinweise gab, wie ich diese Situation bewältigen könnte. Ich fand den Zauberspruch ‚Capere malum' und wusste, was ich zu tun hatte. Ich durchwühlte sämtliche Bücherkisten und durchstöberte die Regale nach einem grünen Buch, das diesem ähnlich sah. Es dauerte eine Weile, doch dann fand ich eins, ich verzierte es mit goldenen Flügeln, in der Hoffnung, dass Luzius nicht merken würde, dass es ein anderes war. Ich war mir ja noch nicht einmal sicher, ob er überhaupt wusste, wie das Buch aussieht. Ich wollte aber kein Risiko eingehen. Ich schrieb dann diesen Zauberspruch hinein und wusste, dass wenn wir Luzius an der Lichtung treffen würden und ich diese Worte sagen würde, dass die Magie dieses Ortes meinen Zauberspruch noch verstärken würde."

Angel machte eine kleine Pause und sah in erstaunte Gesichter.

„Ihr könnt mir glauben, dass ich ziemlich aufgeregt war und Angst hatte. Doch diese Gefühle schlugen in Wut um, als ich sah, wie Luzius meiner Mutter Schmerzen zufügte. Ich wollte ihn nur noch vernichten, doch damit ihr drei mir keinen Strich durch die Rechnung machen konntet, musste ich euch fernhalten, deshalb bildete ich diesen Schutzschild." Sie drückte Noahs Hand und sah lächelnd zu Ramiel und Pachriel. „Ich hoffe, ihr seid nicht allzu böse mit mir, doch ich wollte euch nicht unnötig in Gefahr bringen und das hätte ich, wenn ihr von meinem Plan gewusst hättet."

„Wir sind nicht böse, nur als wir deinen Schutzschild nicht durchbrechen konnten, wussten wir, dass wir dir nicht helfen können, und das machte uns Angst." Pachriels Stimme klang wie immer sanft.

„Ich weiß und ich hoffe, wir kommen nie wieder in solch eine Situation. Ich bin euch so dankbar, dass ihr an meiner Seite seid und auch glücklich, dass wir so viele Seelen aus dem Schleier befreien konnten."

Angel sah in lachende und zufriedene Gesichter, sie hätte glücklicher nicht sein können. Sie legte ihren Kopf auf Noahs Schulter und genoss einfach diesen Augenblick. „Verrätst du mir, wer dir geholfen hat, wer diese Stimme in deinem Ohr war?", flüsterte Noah ihr sanft ins Ohr. „Nur ein Vögelchen, das gerne zwitschert", gab Angel lachend zurück. In diesem Moment schaute sie in Richtung Fenster und dort stand er, der kleine bärtige Mann und nickte ihr zu. Außer ihr schien ihn keiner zu sehen, sie lächelte ihn an und nickte kaum merklich zurück. Er zwinkerte nur noch und war verschwunden.

Angel kuschelte sich noch mehr an Noah. Wie froh sie doch war, alle bei sich zu haben.

Sie sprachen und lachten die ganze Nacht, immer wieder sah Angel von einem zum anderen.

Ihre Reise hatte so holprig begonnen, voller Fragen und Selbstzweifel, und jetzt hatte sie Freunde, die sie nicht mehr missen wollte. Vor allem Noah, den sie so sehr liebte, dass sie sich ein Leben ohne ihn gar nicht mehr vorstellen konnte.

Sie war gewachsen an ihren Aufgaben und ja, sie hatte Hilfe, aber das war nicht schlimm, eine helfende Hand hat noch nie geschadet.

Doch so schön dieser Sieg auch war, sie wusste, dass das nicht ewig anhalten würde. Luzius würde einen Weg finden, zurückzukommen und sein Zorn würde weitaus schlimmer sein als zuvor. Angel hoffte, dass dieser Tag noch lange auf sich warten lassen würde, doch sie würde auf der Hut sein, jederzeit bereit, es erneut mit ihm aufzunehmen. Diese neue Zuversicht und Kraft in ihr würde ihr dabei sicher behilflich sein und auch ihre neuen liebgewonnen Freunde.

Sie versuchte diese Gedanken zur Seite zu schieben, sie wollte diesen wunderschönen Moment nicht kaputt machen. Wieder sah sie von einem zum anderen und war einfach nur dankbar und glücklich.

Was Angel zu diesem Zeitpunkt nicht ahnen konnte, war, dass die Umbren längst an einem Plan arbeiteten, um Luzius zurückzuholen. Und wenn sie es schafften, würde dieser Kampf Opfer fordern und viel Leid. Luzius' Zorn war gewaltig und dieses Mal würde er alle Register ziehen.

Auch wenn dieser Tag nicht heute oder morgen war, so würde er kommen und es würde Angel alles abverlangen.

Die Autorin

Margarete Karl wurde 1980 in Babelsberg geboren und lebt seit 2020 mit ihrem Mann, ihren beiden Kindern, zwei Hunden und vier Katzen in Schleswig-Holstein, wo sie als Verkäuferin tätig ist. Die Inspiration für ihr Debüt **Das Zeitalter der goldenen Flügel** schöpfte sie aus ihrer Faszination für Engel, Gott und das Spannungsverhältnis zwischen Gut und Böse. Wenn sie gerade nicht schreibt, steckt Margarete Karl ihre Nase auch selbst gern in Bücher, verbringt Zeit mit ihrer Familie und ihren Haustieren, genießt ausgedehnte Spaziergänge in der Natur oder lässt ihrer Kreativität bei handwerklichen Tätigkeiten wie Basteln freien Lauf.

Der Verlag

> *Wer aufhört*
> *besser zu werden,*
> *hat aufgehört*
> *gut zu sein!*

Basierend auf diesem Motto ist es dem novum Verlag
ein Anliegen, neue Manuskripte aufzuspüren, zu ver-
öffentlichen und deren Autoren langfristig zu fördern.
Mittlerweile gilt der 1997 gegründete und mehrfach
prämierte Verlag als Spezialist für Neuautoren in
Deutschland, Österreich und der Schweiz.

**Für jedes neue Manuskript wird innerhalb we-
niger Wochen eine kostenfreie, unverbindliche
Lektorats-Prüfung erstellt.**

Weitere Informationen zum Verlag und
seinen Büchern finden Sie im Internet unter:

w w w . n o v u m v e r l a g . c o m